追憶のハルマゲドン

ARMAGEDDON IN RETROSPECT

カート・ヴォネガット　　浅倉久志・訳

早川書房

追憶のハルマゲドン

ARMAGEDDON IN RETROSPECT

And Other New and Unpublished Writings on War and Peace

by

Kurt Vonnegut

Translated by

Hisashi Asakura

First published 2008 in Japan by

Hayakawa Publishing, Inc.

This book is published in Japan by

arrangement with

G. P. Putnam's Sons

a member of Penguin Group (USA) Inc.

through Tuttle-Mori Agency, Inc., Tokyo.

装幀／和田　誠

目次

はじめに

わたしがいちばん自分の文章を信用し、読者もいちばんそれを信用するようにみえるのは、インディアナポリス生まれの口調がはっきり出るときだ。まさにわたしはそうなのだが。

われわれはクリーム・パイの投げあいをしているのかもしれない。
——反戦運動がベトナム戦争の成り行きにおよぼした最終的な効果を推測した、わたしの父カートの言葉。

わたしの父にとって、文章を書くことは精神修練であり、心から信じていた唯一のものだった。父は時代の流れを正しい方向へ向けたがっていたが、時代の流れに自分の文章がたいした影響を与えるとは、けっして思っていなかった。父のお手本はヨナであり、リンカーンであり、ハーマン・メルヴィルであり、マーク・トウェインだった。

父は原稿を何度も何度も何度も書きなおし、いま書きおわった文章をくりかえし小声でつぶやき、言葉の調子やリズムを変えながら、首を前後にかたむけ、両手でなにかのしぐさをした。それからひと息ついて、まだほとんど文字が並んでない用紙をタイプライターからひきぬき、丸めてそれを捨てると、また最初からやりなおした。おとなはおかしなことをして時間をつぶすんだなと思ったが、当時のわたしはなにも知らない子供だった。

父には言語に関するギアがよぶんについていた。父は八十の坂を越えても、まだニューヨーク・タイムズのクロスワード・パズルの解答をすばやく、しかもインクで書きこみ、けっして助力を求めなかった。ラテン語では動詞が最後にくる、とわたしが教えたとたん、父はそれまでラテン語を勉強したこともないのに、わたしのラテン語の宿題をひと目見て、それを翻訳できた。父の長篇小説や、講演や、短篇小説、それに表紙カバーの折り返しのコメントまでが、とてもていねいに仕上げられていた。父のジョークやエッセイがすらすら出てきたもの、即席で書かれたものと考える人たちは、文章を真剣に書いた経験がないのだろう。

父のお気に入りのジョークのひとつは、手押し車を密輸している男の話だった。税関職員は、くる年もくる年も、毎日その男の手押し車を徹底的に調べあげた。

とうとう定年の日がせまった税関職員は、問題の男にたずねた。「おたがい、友だちになってしまったな。長年のあいだ毎日、わたしはきみの手押し車を検査してきた。いったいなにを密輸していたんだ？」

「友だちだから教えましょう。実は手押し車を密輸していたんです」
父はときどき自分のジョークに大笑いしすぎて、体がふたつ折りになり、膝の上に頭をのせたまま、こちらを見上げることがあった。もしそこで咳の発作がはじまろうものなら、これはかなり不気味な成り行きになる。

わたしが一週間もかかって原稿を書いたのに、たった五十ドルしかもらえなかった、と愚痴をこぼしたとき、父はこういった。もし、おまえが文章を書けることを宣伝した見開きの広告を出すとしたらどれぐらい費用がかかるか、それを考えてみろ。

父にとって、文章を書いたり、書こうと試みたりする人間は、だれであろうと特別な存在だった。そこで、父は手助けをしようとした。どこかの酔っぱらいたちがなんとか父を電話口へひっぱりだすのに成功したあと、父が彼らに向かって、物語やジョーク、例の手押し車を、どうやってうまくものにするかについて、ゆっくりと注意深く説明するのを聞いたことは、一度や二度ではない。
「いまのはだれ？」
「知らんな」

仕事をするときの父は、探索の旅にでかけるようなものだった。以前にも経験があるので、両足を動かしつづけていれば、ひょっこりめぼしいものを見つけ、それをいじりまわすうちにお望みのものができあがるかもしれないことは、父にもわかっている。だが、そんなことが何度起きても、父はあまり自信がなさそうだった。なにかの名案を思いつくたびに、もしかするとこれが最後で、これまでに経験した明らかな成功もすでに干上がり、風に吹き飛ばされるかもしれない、と心配していた。

自分は両脚が細すぎるからいいテニス選手ではない、というのが父の悩みだった。あっさり幸福に浸ることができなかった父だが、作品をうまく書き上げたときの喜びは隠しおおせなかった。

父の人生でいちばん不幸な時期は、文章がまったく書けなくなる数ヵ月、ときにはまる一年もの〝壁にぶつかった〟時期だった。その壁を越えるためにあらゆる手段を講じるのだが、父はとても神経質で、精神医学に対する疑念を持っていた。二十代初期から中期にかけてのわたしに、何度かこうもらしたことがある。かりに精神療法を受けて正常で社会に適応した人間になれたとしても、創作の仕事はそれでおしまいだろう、と。そこで、わたしはこういって父を元気づけた。精神科医はそこまで腕がよくないよ。

「もし明快な文章が書けなければ、おそらくそれは自分で思っているほど自分がきちんと考えぬいてないからなんだ」と父はわたしに教えた。あなたが父の書いた文章のどれかを読み、ここはずさんだと思うことがあったら、ひょっとしてそれは正しいかもしれないが、念のためにもう一度読みかえしてほしい。

大不況時代にインディアナ州で育ったひとりの少年が、作家になろう、有名な作家になろうと決心し、結果的にそうなった。成功の見こみはどれぐらいだったのか？　少年は壁に向かってつぎつぎにスパゲッティを投げつけ、どれが壁にくっつくかを見ながら、鋭いセンスを養ったのだ。

わたしが十六歳のとき、父はケープ・コッド・コミュニティ・カレッジの英語教師の職につけなかった。母に聞いた話だが、母はほうぼうの本屋を訪ねて、偽名で父の本を注文したという。そうすれば、すくなくともその本がどこかの本屋に置かれ、だれかが買ってくれるかもしれないからだ。その五年後に、父は『スローターハウス5』を発表し、百万ドルで複数冊の本の出版契約を結んだ。この変化に慣れるにはかなりひまがかかった。いまでは、たいていの人が過去をふりかえり、カート・ヴォネガットが成功した作家、いや、それどころか、有名作家であることを、〝当然〟の成り行きと考える。しかし、わたしの目には、ひとつころべばそれが起こらない確率のほうが高かったような気がする。

父はよくこういった。自分はほかの方面でまったく取り柄がないから、作家になるしかなかったんだ、と。会社員としての父は有能ではなかった。一九五〇年代の中ごろ、父は短期間〈スポーツ・イラストレイテッド〉誌に雇われたことがある。ある日出社した父は、フェンスを跳び越えて逃げようとした競走馬について短い記事を書くよう命じられた。その日の午前中、父は空白の用紙をにらみつづけたすえに、こうタイプした。『馬はくそフェンスを飛び越えた』そして、さっさと職場を去り、ふたたび自由業にもどった。

父ほど食べ物に無関心な人間を、わたしは知らない。その原因はチェーン・スモーキングにあったのかも。長生きしすぎた、と父が愚痴をこぼしたとき、わたしはこういってやった。神さまは人間がどれほどたくさんのタバコを吸えるかに興味があって、それから、父の口からつぎにどんな文句が出てくるかを聞きたくてしかたがないんだ、と。父が、自分の仕事はすべて終わりでもうなにもいうことはない、と語るとき、その言葉をなかなか本気にとれなかったのは、四十代のなかばからすでに自分はおしまいだといいはじめたのに、八十代なかばになってもまだいい作品を書きつづけていたからだ。

最も過激でずうずうしいのは——せっせと働き、せっせと考え、せっせと読書し、せっせと執筆し、みんなの役に立とうとすることには、なにかの意味があるのかもしれない、と考えることだ。

父はそのプロセスの魔法——それが自分の役に立ち、読者の役に立つこと——を信じていた作家だった。読者の時間と注意力は、父にとって神聖なものだった。父はふたつの本能的なレベルで、読者とつながっていた。それは内容だけが物語のすべてではないと認識していたからだ。いわば父は初心者用のドラッグか、靴べらだったし、いまでもそうだ。いったんこの敷居を読者が乗り越えれば、ほかの作家たちにも手が届く。

「ハイスクールを出た人間が、まだわたしの本を読むかな?」

父は物語がどのように語られるものかを教え、読者がどのように本を読めばよいかを教えた。父の作品は、これからも長年そうしつづけることだろう。昔もいまも父は破壊活動分子だったが、それは一般の人たちが考えているような意味ではない。わたしがこれまでに知りあった人間のなかで、父はだれよりも無鉄砲さからは遠い人間だった。ドラッグとも無縁。高速車とも無縁。

父はいつも天使たちの側に立つように心がけていた。イラクで戦争が起きるまで、父は現実にそれが起きるとは思っていなかった。父は嘆き悲しんだが、それはイラクのことを気にかけたというより、このアメリカを愛していて、リンカーンやトウェインを生みだした国とその国民がいずれ正しい道を見つけることを信じていたからだ。父は先祖の移民たちとおなじく、アメリカが世界の光明となり、楽園となる可能性を信じていた。

父はこう考えずにはいられなかった。アメリカ軍がはるか遠くの国のなにかを爆破して、人びとを殺すために使った大金、全世界の人びとがアメリカを憎み、恐れるようにしむけたあの大金を、そっくりそのまま公共教育や図書館につぎこんだほうがずっとよかったのに、と。もし父が正しかったことをまだ歴史が証明していないにしても、いずれは証明するだろう。そう想像しないでいることはむずかしい。

読書と創作は、それ自体が破壊活動的な作業といえる。このふたつが覆《くつがえ》そうとしているのは、なにごとも現状維持であるべきで、あなたは孤独であり、これまであなたのような気持ちをいだいた人間はほかにだれもいない、という考え方だ。カート・ヴォネガットの作品を読むとき、人びとの頭に生まれる考えは、物事は自分がこれまで思っていたよりもずっと選《よ》りどり見どりなんだな、というもの。この世界は、読者がカートの罰当たりな本を読んだため、いくらか変化するだろう。それを想像してほしい。

父が抑鬱状態であったことは周知の事実だが、多くの周知の事実に関していえるように、それを疑えるような理由もまた存在する。父は幸福になることを望まず、さまざまな暗い予言を口にしたが、正直いってわたしには、父が抑鬱状態にあったとは思えない。たとえていえば、父は内向タイプになりたがっていた外向タイプ、一匹狼になりたがっていた根っからの社交家、できれば不運な人間になりたがっていた幸運な人間だった。悲観論者のふりをした楽天家であり、人びとが自分の言葉を気にとめてくれることを望んでいた。イラク戦争が起きるまで、そして人生最後の日を迎えるまで、父が心から憂鬱になったことはなかった。

以前に、父が大量の薬剤を飲んで精神科病院入りをしたという、奇妙で超現実的な出来事があったのは事実だが、危険な状態という感じはまったくしなかった。その日のうちに、父は娯楽室でピンポンに興じ、おおぜいの友だちを作っていた。あの事件は、父が精神的疾患を持つほかのだれかをまねて、あまり説得力のない試みをしたように思えた。

病院の精神科医はわたしにこういった。「あなたのお父さんは鬱病です。これから抗鬱剤を処方するつもりですが」

「わかりました。でも、わたしが見てきた鬱病患者によくある症状が、父にはまったくないんです。だるそうにしているわけでもないし、悲しそうでもない。物事の理解も早いですし」

「お父さんはげんに自殺を図られたんですよ」と精神科医はいった。

「まあ、ある意味ではね」父の服用した薬のうち、毒物レベルのものはひとつもなかった。かろうじてタイレノール（非ピリン系の鎮痛解熱剤）が治療レベルの量に達した程度だった。

「抗鬱剤を処方すべきだと思いませんか？　こちらとしてはなにか手を打たないと」

「父が鬱病状態には見えないことをいっておきたかっただけです。いまの父の状態を表現するのはむずかしい。健康だというわけじゃありませんが」


わたしのファンと父のファンとのちがいは、わたしのファンが、自分は精神を病んでいるのを知っていることだ。

父はボールを受けるのよりも投げるほうがうまかった。父にとっては、家族のだれかについてなにか挑発的なこと、つねに優しいとはかぎらない言葉を書いたり、口に出したりすることなど、日常茶飯事だった。わたしたちはそれを克服するすべをまなんだ。あれが父のやりかただ、と。しかし、わたしがある文章のなかで、父は有名なペシミストになりたがっているあまり、トウェインやリンカーンのように、子供たちを早死にさせた人びとがうらやましかったかもしれない、と書いたとき、父は激怒した。

「あれは読者をこちらへひきこむために書いただけだよ。あれをすこしでも真剣にとる人間は、父さんぐらいだな」

「ジョークの仕組みぐらいは知ってるぞ」

「ぼくもだ」

ガチャッ、ガチャッ、双方が電話を切った。

「もし万一、わたしが死んだときは」

父は二、三年おきに、もし自分が死んだらどうすべきかを書いた手紙をよこした。最後にきた手紙を除いて、いつも手紙が届くたびに電話がかかり、あれは自殺の遺書ではない、という保証がくりかえされた。〝もし自分が死んだら〟という最後の手紙をよこした前日には、父はカート・ヴォネガットの新しい一年の皮切りに行なう、インディアナ州でのスピーチの原稿を書きあげていた。それから二週間後に父は転倒し、頭を強打し、貴重な脳みそという卵をかき混ぜて、二度ともとにもどれなかったのだ。

その最後のスピーチの原稿を、わたしはこれまでのものよりずっと丹念に読む必要が起きた。そのスピーチを代読してほしい、と依頼されたからだ。わたしはふしぎでならなかった。「いったいどうやって、いつもこんなたわごとでうまくお茶をにごしていたのだろう？」聴衆がそれを成功させてくれたのだ。まもなく気づいたのだが、講演会場で父の言葉を朗読していると、わたしの父に対してあふれるほどの愛をいだいた世界が、どこまでも彼についてきてくれるのだ。

「ローマカトリック教会の異性愛嗜好の聖職者たちの五十パーセントとおなじ程度に、われわれは禁欲的です」というのはまったく意味のないセンテンスだ。「トワープとは自分のけつに入れ歯をはめ、タクシーの後部席からボタンを食いちぎるやつのこと」、「スナーフとは、若い女性の自転車のサドルを嗅ぐやつのこと」ああ、いったいわたしの愛する父はどこへいくつもりなのか？　だが、そこで父は問題の核心をえぐる発言をする。それは痛烈な真実であり、あなたがそれを信じる理由のひとつは、ついさっきまでの父が禁欲主義やトワープやスナーフのことをしゃべっていたからなのだ。

「わたしはぜったいに医者にはなりたくありません。あれはこの世界で最悪の仕事といえるでしょう」

わたしたちの最後の会話のひとつ——

「おまえはいくつになった、マーク？」

「五十九だよ、父さん」

「年寄りだな」

「そのとおりだよ、父さん」

わたしは父を心から愛していた。


ここにおさめられた作品は、ほとんど執筆年月日がはいっておらず、ほとんどすべてが未発表で、どれもちゃんとひとり立ちできる。わたしのコメントなど必要ない。たとえある作品の内容があなたにとって興味のないものでも、その構成と、言葉のリズムと、単語の選択に注目してほしい。もし、わたしの父から読書や創作についてまなぶことができなければ、あなたはなにかほかの仕事についたほうがいいかもしれない。


父が最後に書いたスピーチ原稿の最後のひとことは、父にとってどんなさよならをいうよりもいい方法だった。

「どうもご清聴ありがとう。それじゃ」

マーク・ヴォネガット
二〇〇七年九月一日

カート・ヴォネガット上等兵が家族に宛てた手紙

FROM:

Pfc. K. Vonnegut, Jr.,
12102964 U. S. Army.

TO:

Kurt Vonnegut,
Williams Creek,
Indianapolis, Indiana.

Dear people:

I'm told that you were probably never informed that I was anything other than "missing in action." Chances are that you also failed to receive any of the letters I wrote from Germany. That leaves me a lot of explaining to do -- in precis:

I've been a prisoner of war since December 19th, 1944, when our division was cut to ribbons by Hitler's last desperate thrust through Luxemburg and Belgium. Seven Fanatical Panzer Divisions hit us and cut us off from the rest of Hodges' First Army. The other American Divisions on our flanks managed to pull out: We were obliged to stay and fight. Bayonets aren't much good against tanks: Our ammunition, food and medical supplies gave out and our casualties out-numbered those who could still fight - so we gave up. The 106th got a Presidential Citation and some British Decoration from Montgomery for it, I'm told, but I'll be damned if it was worth it. I was one of the few who weren't wounded. For that much thank God.

Well, the supermen marched us, without food, water or sleep to Limberg, a distance of about sixty miles, I think, where we were loaded and locked up, sixty men to each small, unventilated, unheated box car. There were no sanitary accommodations -- the floors were covered with fresh cow dung. There wasn't room for all of us to lie down. Half slept while the other half stood. We spent several days, including Christmas, on that Limberg siding. On Christmas eve the Royal Air Force bombed and strafed our unmarked train. They killed about one-hundred-and-fifty of us. We got a little water Christmas Day and moved slowly across Germany to a large P.O.W. Camp in Muhlburg, South of Berlin. We were released from the box cars on New Year's Day. The Germans herded us through scalding delousing showers. Many men died from shock in the showers after ten days of starvation, thirst and exposure. But I didn't.

Under the Geneva Convention, Officers and Non-commissioned Officers are not obliged to work when taken prisoner. I am, as you know, a Private. One-hundred-and-fifty such minor beings were shipped to a Dresden work camp on January 10th. I was their leader by virtue of the little German I spoke. It was our misfortune to have sadistic and fanatical guards. We were refused medical attention and clothing: We were given long hours at extremely hard labor. Our food ration was two-hundred-and-fifty grams of black bread and one pint of unseasoned potato soup each day. After desperately trying to improve our situation for two months and having been met with bland smiles I told the guards just what I was going to do to them when the Russians came. They beat me up a little. I was fired as group leader. Beatings were very small time: -- one boy starved to death and the SS Troops shot two for stealing food.

On about February 14th the Americans came over, followed by the R.A.F. their combined labors killed 250,000 people in twenty-four hours and destroyed all of Dresden -- possibly the world's most beautiful city. But not me.

After that we were put to work carrying corpses from Air-Raid shelters; women, children, old men; dead from concussion, fire or suffocation. Civilians cursed us and threw rocks as we carried bodies to huge funeral pyres in the city.

When General Patton took Leipzig we were evacuated on foot to Hellexisdorf on the Saxony-Czechoslovakian border. There we remained until the war ended. Our guards deserted us. On that happy day the Russians were intent on mopping up isolated outlaw resistance in our sector. Their planes (P-39's) strafed and bombed us, killing fourteen, but not me.

Eight of us stole a team and wagon. We traveled and looted our way through Sudetenland and Saxony for eight days, living like kings. The Russians are crazy about Americans. The Russians picked us up in Dresden. We rode from there to the American lines at Halle in Lend-Lease Ford trucks. We've since been flown to Le Havre.

I'm writing from a Red Cross Club in the Le Havre P.O.W. Repatriation Camp. I'm being wonderfully well feed and entertained. The state-bound ships are jammed, naturally, so I'll have to be patient. I hope to be home in a month. Once home I'll be given twenty-one days recuperation at Atterbury, about $600 back pay and -- get this -- sixty (60) days furlough!

I've too damned much to say, the rest will have to wait. I can't receive mail here so don't write. May 29, 1945

Love,

Kurt - Jr.

差出人
K・ヴォネガット・ジュニア上等兵
アメリカ陸軍　一二一〇二九六四

名宛人
カート・ヴォネガット
インディアナ州、インディアナポリス
ウィリアムズ・クリーク

懐かしいみなさん
ぼくはこう知らされました。おまえが〝戦闘中の行方不明者〟でなかったことは、おそらくまだ家族に通知されていないだろう、と。だとすれば、ぼくがドイツから出した何通かの手紙も、おそらくそちらに届いていないのでは。ということで、まずいろいろ説明しなくてはならないわけです。要約すると——

一九四四年十二月十九日、ルクセンブルクからベルギーにかけてのヒトラー最後の必死の攻勢で、われわれの所属師団が寸断されたとき以来、ぼくは捕虜の身でした。ドイツ軍の捨て身の機甲七個師団が攻撃をしかけ、われわれをホッジズの第一軍から切り離したのです。アメリカ軍の両翼の数個師団はなんとか撤退に成功しました。われわれはそこにとどまって戦うしかなかった。しかし、戦車相手に小銃では歯が立ちません。弾薬も、食料も、医薬品も底をつき、負傷者数がまだ戦える兵士の数を上まわるありさま――とうとうわれわれはあきらめました。この戦いで、第百六師団は大統領表彰とモンゴメリー将軍からの英軍勲章をもらったそうですが、それだけの価値があったかどうか。ぼくは負傷しなかった少数の兵士のひとりでした。それだけはありがたかった。

あのスーパーマンどもは、そこから六十マイルも離れたリンベルクまで、食料も水も睡眠もなしでわれわれを歩かせました。そのあと、換気装置もなく、暖房もない小さな有蓋貨車に、一台につき六十人ずつの兵士が詰めこまれ、監禁されたのです。衛生設備はゼロ――床は雌牛の真新しい糞だらけ。みんなが横になって眠るのはとても無理です。交代で半数が眠り、あとの半数が立つことになりました。このリンベルクの鉄道側線で、われわれはクリスマスを含めた何日かを過ごしました。クリスマス・イブには、イギリス空軍がわれわれの無印の貨車を爆撃し、機銃掃射しました。それで百五十人もが殺されたのです。われわれは水も満足にないクリスマスを迎え、ドイツ国内をのろのろと横切って、ベルリンの南、ミュールベルクにある大きな捕虜収容所へ向かいました。無蓋貨車から下ろされたのは、新しい年の元日。ドイツ兵たちは、火傷しそうに熱いシラミ駆除用シャワーへ、われわれを追いこみました。十日もの飢えと渇きと寒さのあとだったため、ショックでおおぜいの兵士が死にました。しかし、ぼくは死ななかった。

ジュネーブ協定では、士官と下士官は捕虜になっても労働につく義務はありません。ご存じのように、ぼくは兵卒です。そのての下等生物百五十人は、一月十日にドレスデンの強制労働収容所へ送られました。片言のドイツ語がしゃべれるという取り柄から、ぼくはリーダーに任命されました。不運なことに、われわれにあてがわれたのは、嗜虐的で狂信的な監視兵たちでした。医療処置も衣服も与えてもらえません。しかも、長時間の極端な重労働を強《し》いられました。食料の割り当ては、一日に黒パン二百五十グラムと、調味料なしのジャガイモのスープ一パイント（約半リットル）だけ。二カ月間、ぼくは必死でこの状況を改善しようとして、監視兵の冷淡な微笑にでくわしたあげく、とうとういってやりました。いまにソ連軍がやってきたら、ぼくがその監視兵たちをどうするつもりかを。むこうはちょっぴりぼくを痛めつけました。グループのリーダー役もクビ。しかし、痛めつけられるぐらいはましなほうでした――ひとりの若い兵士は飢え死にし、もうふたりは食べ物を盗んだ罪で親衛隊に射殺されたのです。

二月十四日ごろ、アメリカ空軍、つづいてイギリス空軍が襲来、その共同作業は二十四時間で二十五万人の民間人を殺し、ドレスデンのすべてを――おそらく世界で最も美しい都市を――破壊しました。しかし、ぼくは無傷でした。

そのあと、われわれは防空壕から死体を運びだす作業につきました。女性と、子供と、老人の死体。衝撃や火災や窒息による死者。ドレスデン市民はわれわれを罵り、市内の巨大な火葬の広場へ死体を運ぶわれわれに石を投げつけました。

パットン将軍がライプチヒを占領したとき、われわれは徒歩でザクセンとチェコスロバキアの境界にあるヘレキシドルフへ避難し、戦争が終わるまでそこにいました。監視兵たちはわれわれを残して逃亡しました。その幸福な日には、ソ連軍が、その地区にいる反逆抵抗集団を一掃するためにやってきました。ソ連軍の軍用機（P－39など）はわれわれを機銃掃射し、爆撃し、十四人を殺しましたが、ぼくは無傷でした。

われわれ八人は、馬車と曳き馬を盗みだしました。それから八日間の旅をつづけ、途中のズデーテンやザクセンで食べ物を盗んで、王侯の暮らしを味わいました。ソ連兵はアメリカ兵を熱狂的に迎え、ドレスデンでソ連軍がわれわれを拾ってくれました。そこから武器貸与のフォードのトラックで、ハレにあるアメリカ軍の前線基地まで運ばれたのです。つぎのル・アーブルまでは飛行機の旅でした。

この手紙は、いま、ル・アーブルの捕虜送還キャンプのなか、赤十字クラブで書いているところです。いまのぼくはすばらしい食事ともてなしを受けています。もちろんアメリカへの帰国船は満員なので、しばらくここで待たなくてはなりません。一カ月以内には帰国できると思います。帰国したら、アッタベリーで二十一日間の回復休暇をもらい、六百ドルの遡及給料と――聞いてくださいよ――六十日間の賜暇《しか》がもらえるんです！

知らせたいことはまだ山のようにありますが、あとはこのつぎに。ここでは郵便を受けとることができないので、そちらからの手紙は書かないでください。

一九四五年五月二十九日

愛をこめて、
カート・ジュニア

2007年4月27日、インディアナポリス、
バトラー大学のクラウズ・ホールにおける
カート・ヴォネガット

Kurt Vonnegut

at Clowes Hall, Indianapolis,

April 27, 2007

ありがとう。

バート・ピータースン市長のご好意で、いまわたしはロールモデルとしてみなさんの前に立っています。この機会を与えてくれた市長に神の祝福を。

これがすてきでなくて、ほかになにがあるでしょう。

考えてもみてください。第二次世界大戦中のわずか三年間で、わたしは新兵から伍長に昇進したのです。昔、ナポレオンやアドルフ・ヒトラーが一度は占めた階級に。

実をいうと、わたしの本名はカート・ヴォネガット・ジュニアです。わたしの子供たちは、といっても、いまはこのわたし同様にとうのたった中年ですが、陰でこっそりこう話しあっています——「まったく、なにかといえば、ジュニア、ジュニア」

しかし、みなさんがサウス・メリディアンとワシントン通りの角にあるエアズの時計塔を見上げるときは、どうかわたしの父、カート・ヴォネガット・シニアを思いだしてください。父はあの時計塔の設計者でした。そういえば、父と、そのまた父のバーナード・ヴォネガットは、やけにたくさんの建物を設計しています。おまけに父はオーチャード・スクールと子供博物館の創設者でもあります。

父の父、つまり、わたしにとっては祖父に当たるバーナード・ヴォネガットが設計した建物のなかには、あの殿堂《アシニアム》もあります。第一次世界大戦前まで、あの建物はドイツ人の家《ダス・ドイッチュ・ハウス》と呼ばれていました。なぜ殿堂《アシニアム》と改称されたのか、その理由は想像もつきません。もしかして、ギリシア系アメリカ人のけつをなめる目的だったのかも。

みなさんもすでにご存じでしょうが、わたしはポールモール・シガレットの製造会社を告訴中です。あの会社の製品に殺されるどころか、いまや八十四歳になってしまったからです。第二次大戦、つまり、わが国が勝利を得た最後の戦争のあとで、わたしはシカゴ大学にはいり、人類学を勉強しました。そこで形質人類学者、つまり、数十万年の時をさかのぼって人間の頭蓋骨を研究中の学者たちから教えられたのは、大昔の人間がせいぜい三十五年ぐらいしか生きられなかった、ということでした。人間の歯はそれぐらいしかもたないからです。近代歯科医学ぬきでは。

その時代こそまさに古きよき時代《グッド・オールド・デイズ》ではなかったでしょうか――人間が三十五歳でこの世をおさらばする。知的設計とはまさにこのこと！　ひるがえっていまはどうか。ベビーブーマーのうち、歯科治療を受けて、健康保険に加入する財力のある人たちは、かわいそうに百歳まで生きるのです！

もしかすると、歯科医学を法律で禁止すべきかもしれません。医師は肺炎患者の治療をやめるべきかもしれません。むかし、この病気は〝老人の友〟と呼ばれていました。

とはいうものの、なにはともあれ今夜のわたしがしたくないのは、みなさんを憂鬱にすることです。そこで、今夜のわれわれみんなにできること、絶対に気分が明るくなることを思いつきました。つまり、ここにいるみんなでひとつの声明をしてはどうでしょうか。すべてのアメリカ人が、共和党員だろうと民主党員だろうと、金持ちだろうと貧乏人だろうと、ストレートだろうとゲイだろうと、みんなで同意できるような声明を。たとえわが国がこれほど悲劇的に、激しく分裂しているにしてもね。

わたしが生まれてはじめて知った普遍的なアメリカ人の感想はこういうものでした。

「砂糖は甘い」

さて、悲劇的に激しく分裂したこのアメリカ合衆国に、とりわけわが生まれ故郷であるこのインディアナ州に、目新しいものはなにひとつありません。まだわたしが幼いころには、この州の境界内にKKK団本部があり、また、メーソン＝ディクソン線（奴隷制度廃止前の一般自由州と奴隷州の分界線）以北でアフリカ系アメリカ人のリンチが最後に行われた現場もありました。たしかマリオンに。

しかし、当時もいまもこの州にあるもの、それはテレホートの町です。いまのテレホートの誇りは最新式の致死注射施設ですが、あの町は有名な労働運動指導者、ユージン・デブズの生誕地であり、故郷なのです。デブズは一八五五年から一九二六年までテレホートに住み、鉄道の全国的ストライキの指揮に当たりました。デブズは、アメリカの第一次世界大戦参戦に反対したため、しばらく投獄されたこともあります。

デブズは大統領選挙に社会民主党の公認候補として何度か出馬し、こんな主張を述べました——「下層階級が存在するかぎり、わたしはそれに属する。犯罪分子が存在するかぎり、わたしはそれに属する。刑務所に囚人が存在するかぎり、わたしは自由ではない」

デブズはこの言葉の大部分をイエス・キリストから盗用しています。しかし、独創的な言葉を吐くことはとてもむずかしい。まったくの話が！

それはともかく、すべてのアメリカ人が同意できる言葉とはなにか？「砂糖は甘い」そう、たしかに。しかし、いまのわれわれが大学構内にいる以上、もうすこし文化的な重みのある言葉にしたい。たとえば、こういうのはどうでしょうか――「フランスのパリ、かのルーブル美術館に飾られたレオナルド・ダ・ヴィンチ作の《モナ・リザ》こそ、完全な絵画である」

いかがです？　賛成の方は手を上げてください。全員賛成といきませんか？

はい。手をおろしてください。《モナ・リザ》が完全な絵画であることには、満場一致で賛成のようです。ただ、ここにひとつの問題がある。その問題は、われわれの信じているほとんどあらゆることについてまわります――つまり、それは真実でないのです。

いいですか――モナ・リザの鼻は右に傾いています。オーケイ？　つまり、彼女の顔の右側は後退面にあり、われわれから遠ざかろうとしています。オーケイ？　しかし、彼女の顔のそちら側は、立体的効果が出るように奥行きを縮めて描かれてはいません。レオナルドのことなら、奥行きを縮めて描くぐらいは朝めし前のはずなのに。それをしなかったのはレオナルドの怠慢です。もしも彼がレオナルド・ダ・インディアナポリスであったなら、わたしは彼のことを恥ずかしく思ったかも。

モナ・リザがあのようにゆがんだ笑みをうかべているのも、ふしぎはありません。

さて、みなさんのなかには、わたしにこう質問したがっている方がおられるかもしれません。「たまにはまじめな話ができないのか？」その答えは——「はい」

わたしが一九二二年の十一月十一日にメソジスト病院で生まれたとき、ついでながら当時のこの町には、現在のプロ・バスケットボールチームやプロ・フットボールチームに劣らぬほどの人種差別が存在していたものですが、産科医はわたしに呼吸をはじめさせようと、小さなお尻をひっぱたきました。わたしは泣いたか？　いいえ。

わたしはこういいました。「先生、いま産道を下りてくる途中で、おかしなことがあったんですよ。ひとりの浮浪者がやってきて、まる三日間なんにも食べてない、というんです。だから、ぼくは嚙みついてやりました！」

しかし、まじめな話にもどりましょう。わがフージャー（インディアナ州の住民の呼び名）仲間のみなさん、今夜はよいニュースとわるいニュースがあります。いまは最高の時代であり、また最悪の時代でもあります。さて、ほかに新しいことは?
わるいニュースは、火星人たちがマンハッタンに着陸し、ウォルドーフ・アストリア・ホテルにチェックインしたことです。よいニュースは、彼らの食べ物があらゆる肌の色のホームレスだけで、彼らの小便がガソリンであることです。

わたしは信心深い人間か? わたしが奉じているのは無組織宗教です。わたしが属しているのは非聖職位です。われわれは自分たちを「果てしない驚愕の聖母」と呼んでいます。われわれは禁欲的です。ローマ・カトリック教会の異性愛嗜好の聖職者の五十パーセントとおなじ程度に。

実をいうと――こんなふうに右手を上げるときは、ふざけていないという意味ですが、わたしの名誉にかけて、これからの発言が真実であることを誓います。実をいうと、わたしはあの偉大なSF作家、故アイザック・アシモフ博士の跡を継いで、全米ヒューマニスト協会の名誉会長という、まったく職責のない地位についた人間です。われわれヒューマニストは、あの世での褒賞や刑罰をまったく期待することなく、なるべく正しいふるまいを心がけています。われわれがベストをつくして奉仕する対象は、すっかりおなじみになった唯一の抽象概念、つまり、地域共同体です。

われわれは死を恐れないし、みなさんも恐れるべきではありません。かのソクラテスが、死についてなんといったかご存じですか？　もちろんギリシア語ですが――「死はもうひとつの夜にすぎない」

ヒューマニストとして、わたしは科学を愛しています。迷信は大嫌いです。迷信は、絶対に原子爆弾をわれわれに与えてくれなかったでしょう。

わたしは科学が大好きです。その理由は、科学がこの惑星をゴミ捨て場に変える方法を教えてくれたし、わたしがここを好きではないからだけではありません。科学は、われわれの最大の疑問のうちのふたつに解答を見つけました。宇宙はどのようにしてはじまったのか、人類やほかの動物たちは、このすばらしい肉体、目や脳や腎臓などなどをどうやって手に入れたのか？

オーケイ。そこで科学はハッブル望遠鏡を宇宙空間に送りだしました。そもそもの時の始まりにおける光と、その欠如をとらえるためでした。そしてハッブル望遠鏡は、なんとその芸当をやってのけたのです。こうしていまのわれわれは知ることになりました。そもそもの時の始まりには絶対になにひとつなかった、〝そもそも〟も〝なにひとつ〟もないほどの完全な無であったことを。それが想像できますか？　できるはずがない。第一、想像するものがなにひとつないのですから。

しかし、そこで起きたのがあのビッグ・バン！　そして、そこからこのすべてのゴミがやってきたわけです。

ところでわれわれは、このすてきな肺や、眉や、歯や、爪や、けつの穴などを、いったいどのようにして手に入れたのでしょうか？　それをやってのけたのは、何百万年間もの自然淘汰の過程です。つまり、ある動物は死に、べつの動物は交尾する。適者生存！だが、待った――偶然にせよ、故意にせよ、もしあなたがだれかを殺して、わが種族を改良した場合は、どうかそのあとで交接なさらないように。まだみなさんがママから教わっていない場合のためにお教えしますが、子供が生まれる原因はそれなのです。

そう、わが友なるフージャーのみなさん、わたしはあなたがたのひとりであることを一度も否定していません――いまの時代は全面的破壊、あらゆるものの終末なのです。かの使徒ヨハネと聖カート・ヴォネガットが予言したとおりの。

いまこう話しているあいだにも、われわれが作りだした気候変動で、最後の北極熊が飢え死にしかけているかもしれません。もしこの世から北極熊がいなくなったら、わたしは心から淋しく思うことでしょう。北極熊の赤ちゃんはとてもほかほかして、抱きしめたくなるほどかわいくて、疑うことを知らない存在だからです。ちょうど人間の赤ちゃんのように。

こうした恐ろしいトラブルつづきの時代に、このまぬけな老いぼれがなにか若い人たちに助言できることはあるのか？　そう、みなさんもご存じでしょうが、いわゆる先進国中でも、わが国はまだ死刑を廃止していない唯一の国です。それに、拷問室も。つまり、なぜのらくら時間をかけるのか、というわけです。

だが、聞いてください――もし万一、このなかのどなたかが、テレホートの致死注射施設で台車つきベッドの上に載せられる羽目になったら、最後の言葉としてこういってはどうでしょうか。「これはまちがいなく、いい教訓になるぞ」

もし、いまの時代にイエスが生きていたら、われわれはおそらく致死注射で彼を殺したでしょう。それが進歩というものです。われわれがイエスを殺す必要にせまられるのは、はじめてイエスが殺されたときとおなじ理由。彼の思想がリベラルすぎるからです。

作家志望者に対するわたしの忠告ですか？　セミコロンを使うな！　あれは服装倒錯の両性具有者とおなじで、なにひとつはっきりと表現していません。あれが暗示できるのは、せいぜいあなたが大学へいったかもしれないことだけです。

というわけで、最初はモナ・リザ、こんどはセミコロン――おつむのおかしいことでは天下一品という名声を保持するため、ついでにもうひとつ。わが国、とりわけインディアン排斥の土地では、史上最大の極悪人と信じられているカール・マルクスへの賛辞を。

カール・マルクスが発明したのは共産主義で、昔からわれわれはそれを憎むように教えられてきました。なぜなら、われわれは資本主義と恋仲で、それをウォール街のカジノ地区と呼んでいるからです。

共産主義は、産業革命で分散するまでの部族や拡大家族がやっていたように、産業化された国家でも、人びとの世話、とりわけ子供や老人や障害者の世話がうまくできるようにと、カール・マルクスが考えだした経済体系です。

わたしは思うのですが、もしかすると共産主義の悪口をあまりいわないほうが賢明かもしれません。それは共産主義を名案だと思うからではなくて、いまやわれわれの孫たち、曾孫《ひまご》たちが、共産中国に目玉まで質入れされているからです。

しかも中国共産党は、そのほかにも、大きくて装備のすばらしい軍隊という、わが国にないものを持っています。アメリカはあまりにも安っぽい。見さかいなしにだれもかれもを核攻撃したがっているだけです。

しかし、いまでもまだおおぜいの人びとが、みなさんにこう教えたがっているでしょう。つまり、カール・マルクスの最も邪悪な所業は、彼が宗教について語ったことだ。マルクスは、まるで宗教がわるいものであるかのように、あれは下層階級の阿片《あへん》だといった。そしてそれを抹殺しようとした、と。

けれども、一八四〇年の昔にマルクスがそういったとき、彼が〝阿片〟という言葉を使ったのは、ただの形而上的な意味ではなかったのです。当時、阿片の実物は、歯痛や咽喉ガンなどなどに対する、入手可能な唯一の鎮痛剤でした。マルクス自身もそれを使った経験がありました。

マルクスは抑圧された人びとの誠実な友人として、彼らの苦痛をすこしでも和《やわ》らげるもの、つまり宗教が存在するのを喜んでいたのです。彼は宗教がそうした役目を果たしていることを喜びこそすれ、抹殺しようなどとは思ってもいなかった。オーケイ？

いま、もしマルクスが生きていれば、今夜のわたしがいったようなことをいうかもしれません。「宗教は、おおぜいの不幸な人びとに、タイレノールの役目を果たす。それがよく効くことがうれしい」と。

中国共産党員たちについて――彼らは共産主義者であろうとなかろうと、明らかにわれわれよりもずっと商売上手で、おそらくずっと利口です。彼らがわが国の学校でどんなにいい成績をとっているかをごらんなさい。事実として認めよう！　わたしの息子のマークは小児科医で、しばらく前にはハーバード医科大学入学委員会の一員でした。そのマークにいわせれば、もし公平に入試選考をしたなら、医科大学の全学生はアジアの女性たちで占められてしまうだろう、と。

しかし、話をカール・マルクスにもどしましょう――マルクスが、宗教に関して一般に邪悪な考えと思われていたものを口にしたころ、つまり、一八四〇年代に、わが国の指導者たちは、どれほどイエスに、それとも慈悲深い全能の神に忠実だったのか？　彼らは人間を奴隷にすることを法律で完全に認める一方で、女性の投票権や、公務員となる権利を認めませんでした。とんでもないことに、それは以後八十年間もつづいたのです。

しばらく前に、わたしはある男性から手紙をもらいました。その男性は十六歳のときから、アメリカの行刑制度による囚人の身でした。現在の彼は四十二歳で、近く釈放の見こみ。その手紙で、彼はわたしにどうすればいいかとたずねました。わたしは、カール・マルクスならそういいそうな返事をしました。「教会におはいりなさい」

さて、どうかご注目。いまわたしは右手を上げました。これはわたしがふざけていないこと、これからなにをいうにしても、心からそれを信じていることを意味します。では、いいましょう――わたしの生涯を通じて、最も精神的にすばらしいアメリカ的な現象は、ナチの敗北に関するわが国の貢献、このわたしが大きな役割を演じたそれでもなければ、またロナルド・レーガンが、すくなくともロシア内部で神なき共産主義を転覆させたことでもありません。

わたしの生きてきた時代のアメリカでの最もすばらしい精神的現象は、アフリカ系アメリカ市民が威厳と自尊心をたもちつづけたことです。彼らはたんに肌の色だけの理由で、政府内外のアメリカ白人たちから、卑《いや》しむべきもの、嫌悪すべきもの、さらには病的なものとさえ見なされてきたのに。

アフリカ系市民の教会は、彼らがその偉業を果たすのに大きな支えとなりました。これまたカール・マルクスの言葉どおりです。これまたイエスのおかげです。

そして、世界の国々へのアメリカの贈り物のなかで、現実に各国から最も高く評価されたものはなんでしょうか？　アフリカ系アメリカ人のジャズと、その派生物です。わたしの考えるジャズの定義とは？「最高に優れた、安全なセックス」。

わたしの生きてきた時代で最高のふたりのアメリカ人は、わたしの知るかぎり、フランクリン・デラノ・ローズヴェルトとマーティン・ルーサー・キングです。

こんな説を聞いたことがあります。もしローズヴェルト自身が小児マヒによる屈辱をなめていなければ、下層階級にあれほどの同情をいだかなかったかもしれず、ただの裕福でうぬぼれた支配階級のひとり、アイビー・リーグの大学卒業生特有のまぬけだったかもしれない、と。とつぜん彼の両脚は動かなくなったのです。

地球温暖化に対して、われわれにできることはあるでしょうか？　ここの照明を消すことはできますが、どうか消さないでください。この大気圏を修復する方法はなにも思いうかびません。もう手遅れです。ただ、そのわたしにもひとつだけ修復できることがあります。しかも今夜、このインディアナポリスで。つまり、それは最近になって建てられたもうひとつのりっぱな大学の名称です。なんと、その大学は〝I.U.P.U.I.〟（「インディアナ大学およびパデュー大学のインディアナポリス校」の略）と名づけられました。〝I.U.P.U.I.？〟おいおい、気はたしか？

「やあ、ぼくはハーバード出身だよ。きみはどこの大学？」

「I.U.P.U.I.の出身だ」

二〇〇七年のまる一年間、ピータースン市長から与えられた無限の権利を行使して、わたしはここにI.U.P.U.I.を〝ターキントン大学〟と改称します。

「やあ、ぼくはハーバード出身だよ。きみはどこの大学？」
「ターキントンの出身だ」このほうがひびきがいいのでは？

これで決まり。

時が経つにつれ、ブース・ターキントンが何者であったかをだれも知らず、だれも気にもかけなくなります。そういえば、きょうび、バトラー（この講演会場であるバトラー大学の創始者オヴィッド・バトラーのこと）が何者であったかを気にかける人間がどこにいるでしょう？ ここはクルーズ・ホールで、わたしは現実にクルーズ家の面々を何人か知っています。すてきな人たちです。

ただ、これだけはいわせてください。もし、この町で生まれたブース・ターキントンの生涯と作品という実例がなければ、今夜わたしはみなさんの前に立っていなかったでしょう。ブース・ターキントンの生きた時代、一八六九年から一九四六年までは、わたしが生きてきた時代と二十四年間重なりますが、彼はみごとな成功をおさめ、尊敬される劇作家、長篇にも短篇にも堪能な小説家となりました。文学界での彼の愛称は〝インディアナ州生まれの紳士〟。これはわたしがなにを投げだしてもほしいもののひとつです。

少年時代のわたしは、彼のようになりたいと思っていました。

わたしは彼と一度も会ったことがありません。もし会っていたら、きっと口もきけなかったでしょう。崇拝の念で頭がおかしくなったことでしょう。

そう。まる一年間、ピータースン市長から与えられた無限の権利を行使して、わたしは要求します。ここにいるどなたかが、インディアナポリスでブース・ターキントンの戯曲《アリス・アダムズ》の上演を企画することを。

すばらしい偶然のおかげで、〝アリス・アダムズ〟は、亡くなったわたしの姉、身長六フィートの金髪美女の結婚後の姓名になりました。いま、その姉は、わたしたちの両親や祖父母や曽祖父母、それに生前は全米一の高収入を誇る作家だったジェイムズ・ウィットカム・ライリーとともに、クラウン・ヒルで眠っています。

わたしの姉のアリーの口ぐせの文句をご存じですか？　それはこういうものでした。

「人生の前半は両親にだいなしにされ、後半は子供たちにだいなしにされる」

〝フージャーの詩人〟と呼ばれたジェイムズ・ウィットカム・ライリーは、一八四九年から一九一六年まで生きましたが、当時は全米一の高収入を誇る作家でした。劇場や講演会場で自作の詩を朗読して、報酬を稼いでいたのです。当時はふつうのアメリカ人が詩の朗読を聞いて、それほどの大きな楽しみを得ていたのです。想像できますか？

ところで、偉大なフランスの作家ジャン＝ポール・サルトルが、あるときなんといったと思いますか？　もちろんフランス語で、こういったのです。「地獄とは他人のことだ」サルトルはノーベル賞を辞退しました。わたしはそこまで不作法になれません。アイダ・ヤングというアフリカ系アメリカ人の料理人に正しく育てられたものですから。

あの大不況時代、アフリカ系アメリカ市民は、もちろん、ほかのいろいろな話題をまじえながらですが、よくこういいました。「ひどい不景気のおかげで、白人たちも自分の子供を自分で育てる羽目になったようだ」

アイダ・ヤングは奴隷一家の曾孫で、頭がよく、親切かつ正直で、誇り高く、読み書きができ、はっきりと自分の考えを述べ、思慮深くて、好ましい容姿の持ち主でした。彼女は詩が大好きで、よく詩を朗読して聞かせてくれました。しかし、わたしを正しく育ててくれたのは、アイダ・ヤングだけではありません。

わたしは第四十三小学校、別名〝ジェイムズ・ウィットカム・ライリー小学校〟や、ショートリッジ高校の先生方にも正しく育てられました。あの当時、公立学校のりっぱな先生方は地方の名士でした。教え子たちはそれに感謝し、りっぱに成人すると恩師のもとを訪れ、いまの自分がなにをしているかを報告しました。このわたしも、そうした感傷的なおとなのひとりでした。

しかし、それは遠い昔の話で、わたしの大好きな先生方は北極熊の大半とおなじ道をたどってしまいました。

この人生でみなさんが選べる最高の職業は教師です。ただし、それはあなたが自分の教える科目を熱愛している上に、あなたの教えるクラスが十八人からそれ以下の人数である場合にかぎられます。十八人以内の生徒で作られた学級はひとつの家族で、そのように感じ、行動するからです。

わたしのクラスが第四十三小学校を卒業したころは、まだ大不況がつづき、ほとんど商売も仕事もない上に、ドイツではヒトラーが政権をとった時代でした。わたしたちは卒業記念の作文をめいめいで書くことになりました。おとなになったら、よりよい世界を作るため、自分がなにをしたいと思っているかを。

わたしはこう書きました。イーライ・リリー社（一八七六年創業のインディアナポリスの製薬会社）にはいって、ガンを薬で治す方法を見つけたい。

ここでユーモリストのポール・クラズナーに、ジョージ・W・ブッシュとヒトラーの大きなちがいを指摘してくれたことを感謝しなくてはなりません——ヒトラーは選挙で選ばれたのです。（二〇〇〇年の大統領選挙で、ブッシュ候補は一般投票での得票数でゴア候補に敗れたが、獲得選挙人総数で勝ち、当選した）

さっき、わたしはひとり息子のマーク・ヴォネガットを引き合いに出しました。そう、おぼえておられますか——中国人女性と医科大学の話を？

さて、マークはボストン地区の小児科医であるだけでなく、画家で、サキソフォン奏者で、文筆家でもあります。『エデン特急』という、とてもすばらしい本を書いています。自分が神経衰弱になった体験と、壁にクッションのはいった個室や拘束衣などについて書いた本です。大学生のころ、マークはレスリング・チームに所属していました。おい、この患者は手ごわいぞ！

その本のなかで、マークはいかにして自分がハーバード医科大学を卒業できるまでに回復したかを書きました。それがマーク・ヴォネガット著の『エデン特急』です。

しかし、人から借りて読まないように。お願いだから買ってください！

本を買わずに借りる人や、本を貸す人は、わたしから見ればトワープです。百万年前、わたしがショートリッジ高校の生徒であった当時のトワープの定義はこうでした。自分のけつに入れ歯をはめ、タクシーの後部座席からボタンを食いちぎるやつのこと。

しかし、急いでつけたしましょう。今夜ここにおられる、感受性の強い多感な若い人たちのなかで、もし現在ぶらぶらしていて、家庭は機能障害を起こし、明日にでも本物のトワープになってやろう、という決意をされた方がいたら、どうか気をつけて。もういまのタクシーの後部座席にはボタンがありません。時代は変わるのです！

しばらく前、人生とはなんだろう、とマークにたずねたことがあります。わたしはまったく手がかりをつかんでいなかった。マークはこう答えました。「父さん、われわれが生きているのは、おたがいを助けあって、目の前の問題を乗りきるためさ。それがなんであろうとね」それがなんであろうと。

「それがなんであろうと」いい文句だ。これは使える。

さて、この終末の時代に、われわれはどんなふうに行動すればよいのか？　もちろん、おたがいに対してとびきり親切であるべきです。しかし、それと同時に、あまり真剣にならないようにも心がけるべきでしょう。ジョークでうんと気が休まります。それと犬を飼うこと。もしすでに飼っておられなければね。

わたしもつい先日から犬を飼いはじめましたが、新しい雑種です。フレンチ・プードルの血が半分と、中国のシーズーの血が半分。

つまり、くそ《シット》・うんち《プー》です。

どうもご清聴ありがとう。それじゃ。

悲しみの叫びはすべての街路に

Wailing Shall Be in All Streets

基礎訓練の初日に、小柄だが筋金入りの中尉はおきまりのスピーチを述べた。

「いいか、よく聞け、これまでのおまえたちは、アメリカ流のスポーツマンシップとフェアプレーを愛する、善良で清らかなアメリカ青年だった。だが、いまからわれわれがたたき直してやる。われわれの役目は、おまえたちを世界の歴史はじまって以来の残忍卑劣なボクサー集団に育てあげることだ。これからおまえたちは、クイーンズベリー・ルール（近代ボクシングの基本ルール）やそのてのルールをぜんぶ忘れてしまえ。これからは、なんでもあり。相手のベルトの下をけとばせるなら、ベルトの上へパンチを入れるな。相手に悲鳴をあげさせろ。どんな方法でもいいから、やつを殺せ。殺せ、殺せ、殺せ、わかったか？」

中尉の話は、神経質な笑い声と、彼の正しさを認める全員の合意に迎えられた。

「ヒトラーと東条が、アメリカ人はやわな連中の集まりだといわなかったか？　ケッ！　いまにやつらにもわかるさ」そしてもちろん、ドイツと日本にはそれがわかった。タフになった民主主義は、とどめようのない灼熱の猛威をふるいはじめたのだ。いちおうは理性対野蛮人の戦いという名目だが、あまりにも高次元の問題がそこにかかっているため、熱にうかされたわが戦士たちは——敵がくそ野郎どもの集まりであることを除いては——なぜ自分が戦っているのか、さっぱりわからなかった。それはすべての破壊、すべての殺戮が是認された種類の新しい戦争だった。「なぜきみたちアメリカ人はわれわれと戦うのか？」とドイツ人たちがたずねたとしよう。「知らんな。だが、いまからおまえらをコテンパンにのしてやる」というのがお決まりの答えなのだ。

おおぜいの人びとが、総力戦という考えをたのしんだ。この言葉には新しいひびきがあり、わが驚異的テクノロジーと足並みを揃えていた。人びとにとっては、フットボールの試合と似ていた。「やつらをぶっちぎれ、ぶっちぎれ、ぶっちぎれ……」キャンプ・アタベリーからヒッチハイクで帰郷する途中のわたしを、小さい町の商店主の妻たち、中年で小太りの三人連れが車に乗せてくれたことがある。「で、あんたもおおぜいのドイツ兵を殺したの？」運転中の女性が明るい世間話の口調でたずねた。わからない、とわたしは答えた。これは謙遜と受けとられた。いよいよ車を下りるときになって、三人連れのひとりは、母親に似たしぐさでわたしの肩を軽くたたいた。「もう一度海を渡って、けがらわしいジャップを殺しにいきたいでしょうが、どう？」わたしたちはわけ知り顔にウィンクを交わした。わたしはこの単純な奥方たちに話さなかった。前線へ出て一週間後に捕虜になったことを、わたしはこの単純な奥方たちに話さなかった。自分がけがらわしいドイツ兵を殺すことや、全面戦争のことをどう思っているかもだ。わたしが当時もいまも芯まで嫌気《いやけ》のさした理由は、アメリカの新聞紙上では通りいっぺんの扱いを受けたある事件に関係している。一九四五年二月にドイツのドレスデンは爆撃で破壊され、その結果、十万人以上の人びとが死んだ。その現場にわたしは居合わせたのだ。アメリカがどれほどタフになったかを知っている人間はすくない。

わたしはバルジの戦いで捕虜になり、ドレスデンで強制労働に服していた百五十人の歩兵グループのひとりだった。ドレスデンだけは、ドイツの大都市のなかでもこれまで爆撃を受けたことがない、とわれわれは教えられた。それが一九四五年一月のこと。それまでのドレスデンの幸運は、この都市の外見が戦争とはおよそ無縁なおかげだった——病院、醸造所、食品加工工場、外科器具販売会社、窯《よう》業、楽器製造工場、などなど。戦争がはじまってからは、いくつかの病院がドレスデン最大の関心事になった。毎日、東西の戦場からこの平穏な避難所へ、何百人もの負傷兵が送られてくるのだ。夜になると、遠くの爆撃音がわれわれ捕虜の耳にも聞こえる。「今夜はケムニッツ（ドイツ東南部の工業都市。一九五三年から九〇年まではカール・マルクス・シュタットと呼ばれた）がやられてるぞ」とわれわれは話しあいながら、ぱっくり口をあけたあの爆弾倉《そう》や、ダイヤルと十字線をにらむ若いはりきり兵士たちの真下にいるのはどんな気分だろう、と考えたものだ。「ありがたいことに、おれたちのいるここは非武装都市だ」とわれわれは考えたし、ベルリンや、ライプチヒや、ブレスラウや、ミュンヘンなどのくすぶる廃墟から絶望の流れとなってたどりついた何万人もの避難民——女性や、子供や、老人——もそう考えた。避難民の流入で、ドレスデンの人口は平時の二倍にふくれあがっていた。

ドレスデンには戦争が存在しなかった。たしかに連合軍の軍用機はほぼ毎日飛来し、そのたびに警報サイレンが鳴りわたるが、その軍用機はつねによそへいく途中だった。その警報は、うんざりするほど長い一日に息抜きの時間、防空壕で雑談にふける機会を与えてくれる社交行事だった。事実、防空壕はうわべだけのジェスチャー、国家的危機の表面的認識にすぎなかった――たいていは砂袋の山で窓をふさぎ、ベンチを置いただけの酒蔵や地下室なのだ。市の中心部、官庁街のそばにはもっと堅牢な防空壕がいくつかあったが、連日の爆撃から不死身のベルリンを守りぬいている頑丈な地下要塞とは雲泥の相違だった。ドレスデンには空襲に対して準備する理由がなかった――その結果、悲惨な物語がそこにからんでくる。

ドレスデンが世界で最も美しい都市のひとつだったことはまちがいない。街路は幅が広く、緑の樹木に縁どられていた。市内のいたるところに無数の小公園や銅像があった。古びたすばらしい教会、図書館、美術館、劇場、画廊、ビア・ガーデン、動物園、それに有名大学もあった。かつてのドレスデンは旅行者の楽園だった。当時の旅行者は、この都市の魅力をわたしよりもはるかによく知っていたことだろう。しかし、わたしの受けた印象でさえ、ドレスデンは――この都市の外見は――好ましい人生の象徴だった。快適で、実直で、知的。こうした人類の威厳と希望のシンボルは、鉤十字《かぎ》の影のなかでも真実への記念碑としてそそり立ち、時節の到来を待っていた。数百年間にわたって蓄積された宝物ともいえるドレスデンは、われわれが深い意義を背負っているヨーロッパ文明のすばらしい成果を雄弁に物語っていた。わたしは腹を空かせたうすぎたない捕虜であり、捕獲者たちへの憎悪に凝《こ》りかたまっていたが、この都市は大好きになったし、この目で過去の祝福された驚異と、未来のゆたかな希望を見ていたわけだ。

一九四五年二月、アメリカの爆撃機隊はこの宝庫を瓦礫と灰に変え、高性能爆弾ではらわたをえぐり、焼夷弾で火葬に付してしまった。原子爆弾はとほうもない進歩を意味するかもしれないが、原始的なTNTの爆弾とテルミットの焼夷弾だけでさえ、血なまぐさいひと晩のうちに、ロンドン空襲の合計死者数よりも多くの人命を奪ったのだ。ドレスデン要塞はわが方の爆撃機隊に向かって十数発の高射砲弾を発射しただけだった。基地に帰還した乗員たちは、熱いコーヒーをすすりながらおそらくこういったことだろう。「今夜はえらく対空砲火がすくなかったな。おい、そろそろ寝るか」（前線部隊を援護中に）捕虜になったイギリス戦術戦闘部隊のパイロットたちは、重爆撃機で都市を爆撃したパイロットたちをよくこんなふうにからかったものだ。「よくもがまんできたものだな。煮えたぎる小便と燃える乳母車の悪臭を」

完全に型どおりのニュースのひとつ――「昨夜、わが爆撃機隊はドレスデンを空襲。全機が無事帰還しました」善良なドイツ人は死んだドイツ人――十万人を越える悪辣《あくらつ》な男女と子供たちが（五体満足なドイツ男性はみんな前線にいた）人類への罪を永久に浄《きよ》められたというのか。ある偶然で、わたしはドレスデン空襲に参加した爆撃手のひとりに会ったことがある。「おれたちはあんなことをしたくなかった」と彼はいった。

爆撃機隊が来襲したあの夜、捕虜のわたしたちは畜殺場《スローターハウス》の地下食肉倉庫で一夜を過ごした。幸運だった。そこは市内でも最高の防空壕だったからだ。頭上の大地を巨人たちが歩きまわっていた。最初に聞こえたのは、巨人たちが市の郊外で踊りまわっている柔らかなざわめき、つぎに重々しい足音がしだいに近づき、最後には鼓膜の破れるほどの大きさで頭上にひびきわたる――それから巨人たちはふたたび郊外へ去っていく。それが何度も何度もくりかえされる――絨毯爆撃だ。

「悲鳴をあげて、泣きながら防空壕の壁をひっかいたわ」ある老婦人はわたしにそう話した。「神さまにお祈りしたのよ。『どうか、どうかお願いです、神さま、あれをやめさせてください』でも、神さまのお耳には届かなかった。どんな力でもあれをとめるのは無理。むこうはまるで波のように、つぎからつぎへ押しよせてくる。こちらには降伏する手だてもない。もうしんぼうできない、と相手に伝える方法もない。だれにもなにもできない。じっとすわって朝がくるのを待つだけ」その夜、彼女の娘と孫は命を奪われたのだ。

わたしたちがいた小さな捕虜収容所は全焼した。そこで、南アフリカ軍の捕虜を収容した町はずれのキャンプへ避難することになった。監視者たちは、年とった市民軍の兵士や傷痍軍人の陰気な一団だった。大半はドレスデンの住民で、このホロコーストのなかで友人や家族を失っていた。二年間のロシア前線での戦闘中に片目を失ったある伍長は、われわれが行進をはじめる前に、あの爆撃で妻とふたりの子供と両親を殺された、といった。彼はタバコを一本持っていた。そのタバコを彼はわたしと分けあって吸った。

新しい収容所までの行進で、わたしたちは町はずれにやってきた。ドレスデンの中心部に生き残った人間がいるとは思えなかった。ふつうなら寒い日のはずなのに、巨大な地獄からときどき吹きつける風で汗がにじんだ。ふつうならよく晴れた日のはずなのに、そびえたつ黒雲が真昼を夕暮れに変えていた。市外へ向かう高速道路《アウトバーン》は不気味な行列で埋めつくされた。黒く煤《すす》けた顔に涙のすじをひいた行列のなかには怪我人や死者を運んでいる人たちもいた。みんなは農地のなかに集まった。だれも口をきかない。赤十字の腕章をつけた数人の人びとが、負傷者にできるかぎりの応急手当をしていた。

南アフリカ兵たちと合流したわれわれは、労働ぬきの一週間をたのしんだ。その一週間の終わりに、ふたたびドイツ軍司令部と連絡がついたらしく、爆撃で最大の被害を受けた地域まで、徒歩で七マイルの距離を横切るように、という命令がくだった。その地域であの猛爆を逃れられたものは、なにひとつなかった。がらんどうになったぎざぎざの建物、こなごなになった銅像やひき裂かれた樹木。あらゆる車両が立ち往生し、ねじ曲がり、黒焦げになり、狂おしい力の通過の跡に見捨てられて、錆《さ》びるまま、朽ち果てるままになっていた。われわれのたてる物音をべつにすると、唯一の音響は漆喰《しっくい》が剝がれ落ちるひびきと、そのこだまだけだった。あの荒廃ぶりを正確に描写することは不可能だが、われわれの気分がどれほど落ちこんだか、その手がかりぐらいは与えられる。捕虜用の臨時病院に収容された高熱のイギリス軍兵士の言葉を借りると——「いや、ほんとに怖かった。くそったれな通りを歩いていると、後頭部に感じるんだ。千もの目玉がこっちを見つめてるのが。ないしょ話がうしろから聞こえる。だが、いくらふりかえっても、人っ子ひとり目につかない。気配は感じるし、声も聞こえるが、だれもいないんだ」彼のいうとおりだったことを、われわれは知っている。

〝救助〟作業につくため、われわれは小人数の班に分けられ、それぞれの班に監視兵がついた。任務は死体捜索という不気味なものだった。そのあとの何日間か、大きな収穫がついた。最初はささやかな規模だった――ここに片脚、あそこに片腕、ときどきは赤ん坊――だが、正午前に主鉱脈が発見された。ある地下室の壁をぶち破ったとき、ごったまぜになって悪臭を放っている百人あまりの死体にでくわしたのだ。建物の倒壊で出口がふさがれる以前に、火炎が建物の内部へ押しよせたのにちがいない。倒れている死者たちの皮膚はプルーンそっくりの感じだった。われわれは説明を受けた。おまえたちの仕事は、流血現場のなかを徒渉し、遺骸を運びだすことだ、と。殴打としわがれ声の罵《ののし》りに力づけられて、われわれは地下室のなかを徒渉した。まさにその言葉どおり、地下室の床は、破裂した水道管と死者の内臓から出た不気味な粘液に覆われていた。何人かの犠牲者は即死ではなく、せまい非常口から脱出を図ったらしい。とにかく、その通路には死体がぎっしり詰まっていた。先頭のひとりは、階段を半分まで昇ったところで、落下してくる煉瓦と漆喰に首まで埋まってしまったのだ。十五歳ぐらいの少年だった。

ここでわが空軍兵士の名声を汚すのは申しわけないが、諸君、きみたちは呆《あき》れるほどおおぜいの女性や子供たちを殺した。わたしの記述に登場する防空壕や、それに似た無数の場所は、どこも死体でいっぱいだった。われわれはその死体を掘りだし、ほうぼうの公園まで運んで、合同火葬にしなくてはならなかった――だから、わたしは知っている。薪《まき》を積んでの火葬という方法は、それを築きあげる労苦がなみたいていでないとわかったときに却下された。それをやってのけるには労働力がたりない。代案として、火炎放射器をかついだ男が現場へ派遣され、横たわった死体をその場でそのまま火葬にすることになった。生きながら火に焼かれたり、窒息したり、押しつぶされたりした人びと――老若男女の別なく、彼らはやみくもに殺された。わが国の掲げた戦争の大義がなんであれ、われわれも自己流のベルゼン収容所を作りだしたのだ。その方法は非個人的であっても、結果はおなじように残酷で無慈悲だった。残念ながら、それが吐き気のする事実だと思う。

暗闇と、臭気と、惨状に慣れてくると、われわれは死体のそれぞれが生前はどんな人間だったかを考えはじめた。下劣なゲームだった。「金持ち、文なし、乞食に泥棒……」ふくらんだ財布と宝石類を持つ死体もあれば、貴重な食料をかかえた死体もあった。ある少年はまだ愛犬といっしょで、そのつなぎ紐を握ったままだった。防空壕でのわれわれの作業監督は、ドイツ軍の制服を着た転向者のウクライナ兵士たちだった。彼らは隣のワインセラーからの盗品で泥酔し、この仕事をとてもたのしんでいるらしかった。それは儲かる仕事でもあった。われわれが死体を街路へ運びだす前に、彼らはそこから貴重品を剝ぎとったからだ。そのうちに死は日常茶飯事となり、われわれもわびしい重荷に関するジョークをやりとりしながら、死体をゴミ袋のようにほうりだすようになった。しかし、最初のころは、とりわけ若い死体となると、そうはいかなかった。ていねいに担架に載せ、うやうやしい葬儀に似た扱いで、火葬に付される前の最後の安息所に横たえた。だが、畏怖と悲しみに満ちたわれわれの礼儀作法も、いまいったとおり、粗野な無神経さの前には勝ち目がなかった。陰惨な一日の終わりには、積みあげられた印象的な死体の山を、タバコを吸いながらながめるようになった。ひとりが吸いがらをその山の上へポイと投げてこういった。「えいくそ。いつ死神に追っかけられても、もうおれは用意ができたぜ」

その空襲から数日後、またサイレンが鳴りひびいた。悲嘆にくれたものうげな生存者たちの頭上に降ってきたものは、今回はビラの雨だった。とっておいたその一枚をなくしてしまったが、たしかこんな内容だったと思う——「ドレスデンの人びとへ——われわれがやむをえずこの都市を爆撃したのは、ここの鉄道施設に大量の軍用列車の交通があったからです。爆弾がかならずしもつねに目標に命中しなかったことには、われわれも気づいています。軍事目標以外のものを破壊することは、意図しなかった、避けがたい戦争の宿命のひとつでした」これであの大量殺戮については納得のいく説明にはなったろうが、アメリカ空軍の爆撃照準器に対してはすくなからぬ軽蔑が生まれた。最後のB-17型爆撃機が、当然の報酬である休息を求めて西の空へ飛び去ってから四十八時間後には、いくつかの労働大隊が破壊された鉄道操車場に終結して、ほぼ正常な状態にまで修復したからだ。エルベ川にかかった鉄道用の鉄橋のうちで、通行不能の被害を受けたものはひとつもなかった。爆撃照準器のメーカーは、自社製のすばらしい装置を使って投下された爆弾が、空軍の目標と主張されているものから三マイルも離れた場所へ落下したことを知って、赤面すべきだろう。あのビラにはこう書かれるべきだった。「われわれは、あなたがたの都市の祝福された教会や、病院や、学校や、美術館や、劇場や、大学や、動物園や、集合住宅のすべてを破壊しましたが、正直いって細心の努力をしたわけではありません。それが戦争です《セ・ラ・ゲール》。申し訳ない。それに、ご存じかと思いますが、絨毯爆撃は最近の流行でして」

鉄道をストップさせることには戦略的重要性があった。巧妙な作戦にはちがいないが、その技術は身の毛もよだつほどお粗末なものだった。爆撃機隊は都市境界上空で弾倉から高性能爆弾と焼夷弾を投下しはじめ、その落下点が示すパターンから見ても、占い盤《ウィジャーボード》の指示を受けたにちがいない、という気がする。それによる利益と損失を比較してみよう。明言された目標から大きくそれた爆撃によって、十万人以上の非戦闘員が死に、壮麗な都市が破壊され、鉄道はほぼ二日間不通となった。ドイツ側の報告によると、その空爆による死者数は、どの空襲で失われたよりも大きかった。ドレスデンの死は不必要であり、故意に仕組まれた残酷な悲劇だった。子供たちを殺すことは――〝ドイツ野郎《ジェリー》〟のガキどもであろうと、〝ジャップ〟のガキどもであろうと、将来のどんな敵国のガキどもであろうと――けっして正当化できない。

いまわたしが述べたような非難への安易な答えは、あらゆる決まり文句のなかでも最も憎むべきものだ。〝戦争の宿命〟、そしてもうひとつは、〝身から出た錆。やつらに理解できるのは力だけだ〟。だれがそれを望んだ？　だれが力だけしか理解できない？　信じてほしい。でっかいかごに赤ん坊の死体を集めたり、妻がここに埋まっているかもしれないと考えた夫がそこを掘りかえすのを手伝うとき、神の怒りのぶどうの熟したぶどう園を踏み荒らす行為を説明するのはむずかしい。敵の軍事施設や産業施設は爆撃でぺしゃんこにすべきだから、その近くで防空壕を探している愚かな連中に災いあれ、とでもいいたいのか。しかし、〝断固たるアメリカ〟政策、〝復讐〟の精神、すべての破壊と殺戮の是認によって、われわれは吐き気のする残酷さという汚名をかぶっただけでなく、ドイツが平和で知的な実り多い国になる可能性をはるかな未来へ遠ざけて、全世界に損失を与えたのだ。

わが国の指導者たちは、破壊するか否かの白紙委任状を持っていた。彼らの使命はなるべく早く戦争に勝つことであり、その作業に関してはみごとに訓練されていたが、ある種の貴重な世界遺産――たとえばドレスデン――の運命に関する彼らの判断は、つねに賢明であるとはかぎらなかった。第二次大戦の終わりごろ、ドイツ軍がすべての前線で粉砕され、わが軍の爆撃機隊がこの最後の大都市を破壊しようと出動したとき、「この悲劇でわれわれにどんな利益があり、その利益を長期的な悪影響と比較すればどうなるのか？」という疑問が提出されたかどうかは怪しい。美しい大都市ドレスデンは、芸術心の作りあげたすばらしい文化遺産であり、独裁期間中のヒトラーがわずか二度しか訪れなかったほど反ナチ的な都市であり、痛切に必要とされる食料と病院の中心地だった――それが破壊され、畝《うね》のなかに塩が撒《ま》かれたのだ。

連合国が正しい側で戦い、ドイツと日本がまちがった側で戦ったことは疑いがない。第二次世界大戦は神聖に近い動機によって戦われた。しかし、わたしは堅くこう信じている。われわれの唱える種類の正義からすると、市民への無差別爆撃は神への冒瀆だ。敵が最初にそうしたからという言い訳は、道徳的観点からすれば通用しない。ヨーロッパでの戦闘が終結に近づいていたころ、わたしの見たアメリカの空軍戦略には、戦争のための非理性的戦争という特徴があった。アメリカ民主主義の温和な市民たちが、相手の下腹部をけとばし、くそ野郎に悲鳴をあげさせることをまなんだのだ。

ソ連からきた占領軍は、こちらがアメリカ兵と知ってわれわれを抱きしめ、わが空軍がもたらした完全破壊についての祝辞を述べた。われわれは彼らの祝辞をしかるべき謙虚さで快く受けいれはしたが、当時のわたしの気分もいまとおなじで、来たるべき世界の世代のためにドレスデンを救うためなら、自分の命を犠牲にしても悔いはなかった。これこそ、いまのあらゆる人間が地球上のあらゆる都市に対して抱くべき感情なのだ。

THERE SHOULD
HAVE BEEN
A
SECRETARY
OF THE FUTURE.
1/10

いまになってみると
未来大臣を
任命するべきだった

審判の日《グレート・デイ》

Great Day

十六のころに、おれはみんなから二十五、六に見られただけじゃなく、町からやってきたある年増などは、三十だね、きっと、と断言したぐらいだ。体ぜんたいがでっかい造作で——おまけにあごひげはスチールウールなみ。おれはインディアナ州ルヴァーンでないどこかの土地を見たくてたまらなかった。といっても、インディアナポリスじゃものたりないし。

そこで年齢《とし》をごまかして、世界陸軍に入隊した。

だれも泣いてくれなかった。旗もなし、ブラスバンドもなし。昔とは大ちがいだ。昔はおれみたいな若造が戦争にいくと、デモクラシーに身を捧げて、頭をふっとばされるかもしれなかったのに。

バス乗り場にいるのはおれとおふくろだけで、おふくろは頭にきてた。世界陸軍は、どこにもまともな職の見つからないろくでなしのためにある、と思ってるらしい。

まるできのうのことみたいな気がするが、うんと昔、二〇三七年のことだ。

「ズールーたちとつきあうんじゃないよ」とおふくろがいった。

「世界陸軍にいるのはズールーだけじゃないんだぜ、おふくろ」とおれはいった。「あらゆる国の人間が集まってるんだ」

だが、おふくろから見ると、フロイド郡の外で生まれた人間はみんなズールーらしい。

「まあ、とにかく」とおふくろはいった。「軍隊がいいものを食べさせてくれるといいけど。あんなに世界税が高いんだからね。それと、どうしてもおまえがズールーやなんかの仲間とでかける決心なら、わたしは喜んだほうがいいか。よその軍隊がこのあたりをうろついて、おまえを撃ったりしないことだけでもさ」

「おれは平和を守るんだよ、おふくろ。おっかない戦争はもうなくなった。いまはたったひとつの軍隊があるだけさ。そう聞かされると鼻が高いだろう？」

「どこかのだれかが平和のためにそうしたと考えると、鼻が高いよ。だからといって、軍隊が大好きにはなれないけどさ」

「新しくて、うんと高級な軍隊なんだぜ、おふくろ」とおれはいった。「悪態をつくこともご法度《はっと》。それに、ちゃんと教会へ通わないとデザートにありつけない」

おふくろは首を横にふった。「ひとつだけはおぼえておきな。おまえが高級な人間だってことをさ」おふくろはおれにキスもしなかった。手を握っただけ。「わたしがそばにいたあいだ、おまえはそうだったよ」

しかし、基礎訓練の終了後に、最初の制服にくっついてた袖章をはずして送ってやったら、こんな噂が届いた。おふくろが神さまからきた絵ハガキみたいに、それをみんなに見せびらかしているという。青いフェルト地に金時計の絵の縫いとりがあって、その時計から緑の稲妻が出てるだけのデザインなんだが。

おふくろがみんなに、息子がタイムスクリーン中隊にはいったと自慢してまわってる、という噂も聞こえてきた。タイムスクリーン中隊がどんなものか、世界陸軍ぜんたいでもそれがいちばんすてきなものだってことを、まるでみんなが知ってるみたいに。

とにかく、おれたちは最初で最後のタイムスクリーン中隊だったんだ。タイムマシンにいろんなバグがなくなりゃべつだが。おれたちの任務は極秘。とうとうこっちがそれを知ったときは、もう脱走するには手遅れだった。

ボスのポリツキー大尉はなにも話してくれない。時計の袖章をつけられる兵士は地球上で二百人だけだから、鼻を高くしていいぞ、というだけだ。

大尉はもとノートルダム大のフットボール選手で、郡庁舎の芝生に積んである砲丸の山そこのけの体格だ。それを忘れないようにするためか、おれたちに話をするあいだも体を動かしつづけてる。その砲丸がどれほど堅いかを感じたいんだろう。

こんなすばらしい隊員たちを指揮してこんな重要任務につくのは実に名誉なことだ、と大尉はいった。その任務がどんなものかは、フランスのシャトー・ティエリーという土地で作戦行動にはいればわかる、と。

ときどき将軍たちがやってきて、これからなにか悲しくて美しいことをやろうとしている連中をながめる目つきでおれたちをながめていたが、タイムマシンのことはだれもなんにも話してくれなかった。

シャトー・ティエリーに着くと、みんながおれたちを待っていた。そこでわかったんだが、これからおれたちがやる予定の作戦は、めちゃくちゃにやけくそなものらしい。袖に時計の絵をくっつけた殺し屋集団を、だれもが見たがってた。おれたちのやらかすでっかいショーを、だれもが見たがってた。

その町へ着いたときのおれたちが荒っぽく見えたなら、日が経つにつれて、もっと荒っぽくなった。だが、タイムスクリーン中隊がなにをやるのかは、まだ見えてこない。

たずねてもむだだ。

「ポリツキー大尉どの」おれは精いっぱいうやうやしい口ぶりでいってみた。「明日の明け方、われわれはなにか新しい種類の攻撃作戦をやると聞いたのでありますが」

「おい、新兵、幸福で誇らしげな笑顔を見せろ」と大尉はいった。「そのとおりだ」

「大尉どの」とおれはいった。「わが小隊がこれからなにをするかを教えていただきたくて、わたしはそれをおたずねする役目に選ばれたのであります。みんながその心構えをしておきたいと思っています」

「新兵よ」とポリツキー大尉はいった。「あの小隊全員が、士気と団結心、それに手榴弾三発と小銃と銃剣と銃弾百発を持っている。そうだろう？」

「はい、大尉どの」

「いいか」とポリツキー大尉はいった。「あの小隊はすでに準備完了だ。おれがあの小隊にどれほどの信頼をおいているかを教えてやろう。あの小隊は攻撃の先頭に立つことになる」大尉は眉を上げた。「おい、『ありがとうございます』といわんのか？」

おれはそういった。

「それとな、新兵よ、おれがおまえにどれほどの信頼をおいているかを示すために教えよう。おまえは先頭小隊の先頭分隊の先頭に立つことになるぞ」また大尉の眉が上がった。

「おい、『ありがとうございます』といわんのか？」

おれはもう一度そういった。

「新兵よ、あとはせいぜい祈っておけ。科学者たちもおまえたち同様に準備ができていますように、とな」

「科学者たちもこの作戦に参加するのでありますか？」

「会見終了」とポリツキーはいった。「気をつけ」

おれはそうした。

「敬礼」とポリツキーはいった。

おれはそうした。

「前へ進め！」

おれは歩きだした。


こうしておれは大演習の前夜、わけがわからず、怖じ気づいてホームシックになったまま、フランスのトンネルのなかで、アール・スターリングというソルトレイク出身の男と歩哨に立っていた。

「科学者たちがおれたちに手を貸すだと？」とアールがおれにいった。

「大尉はそういったぜ」とおれは答えた。

「聞かないほうがよかった気がする」とアールはいった。

頭上で大きな砲弾が炸裂して、鼓膜が破れそうになった。地上では弾幕砲撃がつづいている。巨人たちがあたりを歩きまわって、この世界をバラバラにしようと、やたらほうぼうをけとばしてるみたいだ。もちろん、味方の大砲も撃ちまくっている。相手を敵に見立てたみたいに、えらくなにかに腹をたてたみたいにだ。おれたちは全員深いトンネルのなかにいるので、だれも怪我はしない。

だが、ものすごい音をたのしんでるのはポリッツキー大尉だけだ。頭がおかしいんじゃないか。ナンキンムシみたいに。

「これも模擬演習、あれも模擬演習」とアールがいった。「だけど、ありゃ模擬演習の砲弾じゃないぞ、おれがこんなにブルってるのもお芝居じゃない」

「ポリッキーにいわせりゃ、あれは音楽だってさ」とおれはいった。

「みんなにいわせりゃ、あれは現実さ。また本物の戦争の時代にもどったんだってよ」とアールがいった。「このなかでどうやって人間が生き残れたんだろうな」

「地下壕が身を守ってくれたのさ」とおれはいった。

「だけど、昔は将軍でもなけりゃ、こんなりっぱな地下壕へはいれなかったんだぜ」とアールがいった。「兵卒がはいってたのは、屋根もない、浅いタコツボだ。それに、命令がくだると、タコツボから飛びださなくちゃいけない。命令はしょっちゅうだ」

「地面にぴったり身を伏せてたんじゃないかな」おれはいった。

「地面にどこまでぴったり伏せられるよ？」とアールはたずねた。「この真上の地面なんか、芝刈り機を使ったみたいに草が短い。立木は一本もなし。でっかい穴がほうぼうにあいてる。本物の戦争で、どうしてみんなは気が狂わなかったんだろうな——どうしてやめなかったんだろう？」

「人間は妙な生き物なんだよ」とおれ。

「ときどきそう思えないときもあるぜ」とアール。

またでっかい砲弾が一発、そのあと小さいのがふたつ——たてつづけに爆発した。

「あのロシアの中隊のコレクションを見たか？」とアールがたずねた。

「話は聞いたよ」とおれ。

「やつらは頭蓋骨を百個近くも集めたんだ」とアール。「それを棚の上へならべた。甘《ハニーデ》露《ユー》メロンみたいにな」

「どうかしてるぜ」とおれ。

「ああ、そんなふうに頭蓋骨を集めるなんてよ」とアール。「だけど、集めずにいられなかったんだろう。つまりさ、どっちの方角へ土を掘っても、かならず頭蓋骨やなんかにぶちあたるわけだ。この上で、なにかでっかいことが起きたにちがいない」

「この上では、でっかいことが起こりつづけだ」おれは教えてやった。「世界大戦のすごく有名な古戦場だもんな。アメリカ軍がドイツ軍をやっつけた場所だってよ。ポリッキーが教えてくれた」

「ふたつの頭蓋骨には、榴散弾の破片が食いこんでたぜ。あれを見たか？」

「いや」とおれは答えた。

「持ちあげて振ると、なかでカタカタ音がしやがるんだ」アールがいった。「破片の飛びこんだ穴も見えるしよ」

「なあ、あわれな頭蓋骨をどうすりゃいいか知ってるか？」とおれはたずねた。「ありとあらゆる宗教から軒並みに牧師を呼んでくるんだ。かわいそうな頭蓋骨たちの葬式をちゃんとあげて、どこかもう二度とじゃまのはいらないような場所へ埋めてやる」

「もう、人間じゃないんだもんな」とアール。

「人間じゃないなんて、いっちゃだめだ」とおれはいった。「あの連中が命を捨ててくれたおかげで、おれたちのおやじや、祖父《じい》ちゃんや、ひい祖父ちゃんが生きてこられたんだからな。おれたちにできるせめてものことは、かわいそうな骸骨たちをちゃんと扱ってやることだ」

「うん。だけど、あのなかには、おれたちのひいひい祖父ちゃんだかを殺そうとしたやつもまじってるんじゃないのか?」とアール。

「ドイツ兵だって、自分たちで物事をよくしよう、と思ってたんだ」とおれはいった。

「だれもが、自分たちで物事をよくしよう、と思ってた。心は正しい場所にあったんだ」とおれはいった。「問題はその考えさ」

トンネルの上でキャンバス地のカーテンがひらき、ポリッキー大尉が下りてきた。外で降ってるのが砲弾じゃなく、暖かい霧雨かなにかみたいに、ゆっくりと。

「外へ出るのは危険じゃないですか、大尉どの?」とおれはきいた。なにもわざわざ外へ出る必要はない。どこからどこへいくにもトンネルが通じてるし、弾幕砲撃がつづくうちは、だれも外へ出ない建前《たてまえ》なのに。

「新兵よ、おれたちは自分の自由意志で、ちょいと危険なこの職業を選んだんじゃないのか?」と大尉はたずねた。むこうがおれの鼻の下へ近づけた手の甲には、長い切り傷が横に走っていた。「榴散弾」そういって大尉はにやりと笑い、切り傷を唇に当てて、ちゅっと吸った。

しばらく命が保《も》ちそうなぐらいの量の血を吸ってから、大尉はおれとアールを見上げては見おろした。「おい」とおれにきいた。「おまえの銃剣はどこだ?」

おれはベルトのまわりをさぐった。なんと銃剣を忘れてきた。

「おい、新兵、いまとつぜん敵がここへ下りてきたらどうする？」ポリツキーは、五月に木の実を集めているような感じのステップを踏んだ。『なあ、わるいが——銃剣をとってくるまで、ここで待っててくれ』おまえは敵にそういうつもりか、新兵？」と大尉はおれにたずねた。

おれは首を横にふった。

「いざというときは、銃剣が兵士の最良の友だぞ」とポリツキー。「職業軍人がいちばん幸福なときでもある。いちばん敵に接近できるんだからな。そうだろうが？」

「はい、そうであります」とおれはいった。

「おまえは頭蓋骨を集めてたのか、新兵？」とポリツキーはいった。

「ちがいます」とおれはいった。

「あれを拾っても怪我はせんぞ」とポリツキーはいった。

「はい、大尉どの」

「新兵よ、なぜやつらがみんな死んだかという理由はある」とポリツキーがいった。「やつらは腕ききの兵士じゃなかったんだ！　プロじゃなかったんだ！　やつらはミスを犯した。大切な教訓をちゃんとまなんでなかったんだ！」

「はい、わかりました」

「もしかすると、おまえは演習をむずかしいと思ってるかもしれんが、あの程度じゃまだ生ぬるい」とポリッキーはいった。「もしおれが監督の立場なら、みんなを外へ連れだし、あの砲撃を体験させてやる。プロの兵士になる唯一の方法は流血だ」

「流血？」とおれは聞きかえした。

「何人かを死なせるんだ。すると、ほかの連中がなにかをまなぶ」とポリッキー。「くそ――こんなものは軍隊じゃない。安全規則だの、軍医だのが多すぎる。この六年間、指のささくれさえ見たことがない。これじゃおまえたちは永久にプロの兵士になれん」

「はい、大尉どの」とおれはいった。

「プロの兵士は、あらゆることを見ているから、なにを見ても驚かん」ポリッキーはいった。「いいか、新兵、明日おまえは本物の戦闘を見ることになる。あれに似たものは、ここ百年間、起きたことがない。毒ガス！　弾幕砲火のとどろき！　火炎放射器！　銃剣による決闘！　一騎打ち！　どうだ、うれしくないか、新兵？」

「は、なにが？」とおれはいった。

「うれしくないか、と聞いてるんだ」とポリッキー。

おれはアールをふりかえり、それから大尉に目をもどした。「はい、うれしいです、大尉どの」とおれはいった。それからゆっくりと重々しく頭をふった。「はい、大尉どの」とおれはいった。「はい、ほんとにほんと」

世界陸軍の兵士になり、いろんなすごい新兵器を渡されると、やることはひとつしかない。将校から聞かされる話がさっぱりわからなくても、それをうのみにするようになる。将校だって、科学者から聞かされた話をうのみにしてるだけだ。

なみの人間には手の届かない先まで、物事が進んでしまったってことだが、もしかすると昔からそうだったのかも。おれたち志願兵に、質問はぬきでゆるぎなき信仰を持て、と牧師がわめくのは、ニューカッスルに石炭を運ぶみたいによけいなお世話だ。

とうとう最後にポリツキー大尉がいった。タイムマシンの助けで攻撃するんだから、並みの兵士のおまえらに思いつける名案なんてどこにもないぞ。おれは丸太の節こぶみたいにそこへすわり、まるで世界の七不思議を見るように、小銃の着剣装置を見つめた。前にかがんでいるので、ヘルメットの縁が銃口に乗っかり、まるで世界の七不思議を見るように小銃の着剣装置を見つめた。

いま、タイムスクリーン中隊のおれたち二百名の兵士は、大きな待避壕でポリツキー大尉の訓示を聞いてるとこだ。まともに大尉を見るやつはひとりもない。大尉はこれからはじまることが楽しみで楽しみで、それが夢でないことを願ってるみたいな顔つきだ。

「いいか、おまえたち」と頭のおかしい大尉はいった。「〇五〇〇時に砲兵隊が二百ヤードの間隔でつぎつぎに照明弾を発射し、二本の線を作る。その光が、タイムマシンのビームの両端だ。攻撃目標は照明弾が作る二本の線の中間」

ポリツキー大尉はつづけた。「いいか。照明弾の二本の線の中間には、きょうと一九一八年六月十八日の両方が、同時に存在するんだ」

おれは着剣装置にキスをした。ちょっぴり油と鉄の味がするのは嫌いじゃないが、瓶詰めにする気にはなれない。

「いいか、みんな」とポリツキーはつづけた。「これからおまえたちが見るものを民間人が見たら、髪の毛が真っ白になる。おまえたちがなにを見るかというと、昔シャトー・ティエリーで、アメリカ軍がドイツ軍に反撃を開始した場面だ」なんと、大尉のうれしそうな顔。「よく聞け、みんな。これは地獄の畜殺場《スローターハウス》だ」

頭を上げ下げすると、ヘルメットがポンプみたいに動く。おでこの上に空気が吹きつける。こんなときだけに、ちょっとしたことがすごくうれしい。

「いいか」とポリツキーはいった。「兵士に怖がるなというのは嫌いだ。怖がることなんかなにもないんだ、とはいいたくない。それは兵士への侮辱だ。しかし、科学者どもはこういった。一九一八年があなたがたになんの影響も与えるはずがないし、あなたがたも一九一八年に対してなにもできるはずがない。つまり、敵から見たおれたちは幽霊で、おれたちから見た敵も幽霊だ。おれたちは敵の体をすんなり通りぬけ、敵もこっちがまるで煙でできてるみたいに、おれたちの体をすりぬけるだろう」

おれは小銃の銃口へ息を吹きつけた。なんのメロディも出てこない。出てこなくてよかった。もし出てきたら、この集まりはぶちこわしだ。

「いいか」とポリツキーはいった。「一九一八年の昔にもどって、なにが飛んでこようと、おまえたちがイチかバチかの賭けができることを、おれは願ってる。それを生き残るのが、最高の意味での兵士だ」

　だれも反対しなかった。

「いいか」とこの偉大な軍事科学者はいった。「おまえたちにも想像がつくだろう。一九一八年からやってきた幽霊どもでいっぱいの戦場を見たら、敵はどうすると思う？　どこをめがけて撃てばいいのか、わけがわからなくなるだろうな」げらげら笑いだしたポリッキーが真顔にもどるまでには、しばらくひまがかかった。「いいか」とひと息ついていった。「おれたちは幽霊どものなかを匍匐《ほふく》前進する。敵に接近したら、ああ、おれたちも幽霊だったらよかったのにな、と思わせてやれ。生まれてこなけりゃよかった、と思わせてやれ」

　その敵というのは、半マイルほど前方に並んだ、ぼろ切れをくくりつけた竹竿の列だ。いまポリツキーがやってみせたように竹竿やぼろ切れを憎むことは、ほかのだれにも無理だろう。

「いいか」とポリツキーはいった。「もしこのなかに無許可離隊《AWOL》をたくらんでるやつがいたら、これこそ絶好の機会だぞ。照明弾の境界線を横切り、ビームのへりをくぐるだけでいい。そいつの姿は本物の一九一八年のなかへ消える――幽霊じみたことはなんにもない。それに、そのあとを追いかけるほど頭のおかしい憲兵もいない。あれを横切ったあとでもどってきた人間は、ひとりもいないからだ」

　おれは小銃の照星で前歯のすきまをせせった。いま思いついたんだが、プロの兵士としていちばんたのしいのは、だれかに嚙みつけるときかも。そんな芸当がおれにむりなのはわかってる。

「いいか」とポリツキーはいった。「われわれタイムスクリーン中隊の使命は、歴史はじまって以来の各中隊の使命となんのちがいもない。われわれタイムスクリーン中隊の使命は、殺すことだ。なにか質問は？」

おれたちみんなは陸海軍条例を読み聞かされていた。分別のある質問をするのは、生みのおふくろを鉈《なた》で殺すよりもわるいと知ってる。だから、だれも質問しなかった。そんな質問をするやつがいるはずはない。

「安全装置をかけろ、装塡」とポリツキーがいった。

おれたちはそうした。

「着剣」とポリツキーがいった。

おれたちはそうした。

「じゃ、いくか、お嬢さんがた」

ああ、この男は心理学を前後左右にわきまえてる。それが将校と志願兵のちがいだ。おれたちが若い男たちの集まりなのを知ってるくせに、わざとお嬢さんがたと呼びやがる。それでこっちは頭にきて、物事がまっすぐ見えなくなってしまうんだ。

これからおれたちは外へ出て、竹竿とぼろ切れをこっぱみじんにするだろう。これから何世紀ものあいだ、釣り竿もキルトもなくなっちまうぐらいに。

タイムマシンのビームのなかへはいるのは、流感にかかって、目のよく見えないだれかの遠近両用メガネをかけて、ギターのなかへ押しこまれた気分だった。もっと改良しないと、安全でもなく、人気《にんき》も出ないだろう。

最初のうち、一九一八年の連中の姿はどこにも見えなかった。見えるのはやつらのタコツボと鉄条網だけ。そこにはもうタコツボも鉄条網もないはずなのにだ。そのタコツボは、平気でその真上を歩ける。ガラス屋根がついてるみたいに。鉄条網を横切っても、ズボンは破けない。やつらはここにいない——やつらは一九一八年にいるんだ。

何千人もの兵士がおれたちを見物してた。ほうぼうの国からきた連中が。

おれたちがやつらの前で演じてるのは、ぱっとしない見世物だ。

タイムマシンのビームで胃がむかついて、目が半分見えない。筋金入りのプロの兵士に見せかけるため、おれたちはでっかい鬨《とき》の声をあげるはずだった。だが、照明弾に挟《はさ》まれた現場に近づいても、だれも声を出さない。へたに声を出すと、ゲロを吐きそうだ。攻撃的に前進する予定だが、どれがおれたちで、どれが一九一八年の連中なのか、見わけがつかない。おれたちはそこにないもののあいだを歩きまわり、そこにあるものにつまずいた。

もしおれがオブザーバーだったら、きっと滑稽《こっけい》な眺めだといっただろう。

おれはタイムスクリーン中隊の第一小隊第一分隊の先頭で、おれよりも前にいるのは、わが気高いポリツキー大尉ひとりだけだ。

大尉は勇猛な自分の中隊に向かって、ひと言さけんだだけだった。おれたちをそれまで以上に血に飢えさせようと思って、そうさけんだんだろう。「じゃ、あばよ、ボーイスカウト諸君！」と大尉はどなった。「ママにしょっちゅう手紙を書き、鼻水が垂れたら、きちんと拭《ふ》けよ！」

そういうと大尉は背をかがめ、全力疾走で中間地帯を横切りはじめた。

志願兵の名誉にかけて、おれは大尉についていこうとがんばった。まるでふたりの酔っぱらいのように、倒れては起きあがり、戦場で自分たちを痛めつけてるだけだ。

大尉はおれやほかのみんながどうしてるかを知ろうと、ふりむきもしなかった。自分の青ざめた顔をだれにも見られたくなかったんだと思う。おれは何度も大尉に、ほかのみんなを置き去りにしたことを知らせようとしたが、この競走だけで息が切れた。

大尉が向きを変え、照明弾の線に向かって走りだしたときは、だれからも見えない煙のなかへはいって、こっそりゲロを吐く気かな、と思った。

だが、大尉のあとにつづいてその煙のなかへはいったとたん、一九一八年からの弾幕砲火がおそってきた。

かわいそうな古い世界はガタガタ揺さぶられ、バラバラにひきちぎられ、煮えたぎって黒焦げ。一九一八年からの土くれと鋼鉄の破片が、ポリツキーとおれのまわりでめちゃくちゃに飛びちっていた。

「立て！」とポリッキーがおれにどなった。「あれは一九一八年だ！　あんなものじゃ、怪我ひとつせん！」

「当たったら怪我しますよ！」とおれはどなりかえした。

大尉はいまにもおれの頭をけとばしそうな身ぶりをした。「立て、新兵！」

おれは立ちあがった。

「ボーイスカウト仲間のところへもどれ」大尉が指さしたのは、煙のなかにぽっかりあいた穴、さっきおれたちのやってきた方角だった。そこでは中隊全員が、専門家というものはどのように身を伏せ、身ぶるいするかを、何千人ものオブザーバーに見せているところだ。「おまえのいるべき場所はあそこだ」とポリッキーがいった。「ここはおれの見せ場なんだ。ひとり芝居のな」

「はあ？」とおれは聞きかえした。それから首をめぐらし、いま頭の上を飛び越えていった一九一八年の石ころの行方を目で追った。

「こっちを見ろ！」と大尉はどなった。

おれはそうした。

「新兵よ、ここは子供とおとなを分ける場所だぞ」と大尉はいった。

「はい」とおれはいった。「だれも大尉どののようには速く走れません」

「おれがいうのは走ることじゃない」と大尉はいった。「戦うことだ！」ああ、この会話はまるっきり狂ってる。一九一八年の照明弾がおれたちの体を突きぬけはじめた。

大尉がいってるのは、竹竿やぼろ切れと戦うことらしい。「大尉どの、だれもあんまりいい気分じゃないでしょうが、勝利はわれわれのものだと思います」

「おれがいうのは、こういうことだ。いまからおれはこの照明弾のなかを突きぬけて、一九一八年へいく」と大尉はどなった。「そんなことをする度胸は、ほかのだれにもないだろうが。さあ、とっとと失せろ！」

むこうは本気だ、とおれは気づいた。本気でなにか派手なことをやらかす気だ。もし旗を振ったり、弾をとめたりできるなら、たとえこれが百年、いや、それ以上も前の戦争で、平和条約の文書のインクがすっかり薄れてほとんど読みとれなくなっていても、大尉は自分なりにひと仕事をやってのけるつもりなんだ。

「大尉どの」とおれはいった。「自分はただの志願兵で、助言できる立場じゃないことは知ってます。しかし、大尉どの、それはあまり意味があると思えません」

「おれは戦うために生まれてきた」と大尉はどなった。「その体がいまにも錆びつきそうなんだ！」

「大尉どの」とおれはいった。「ここの戦闘はもうすでにこっちが勝ったんです。われわれは平和を手に入れ、自由を手に入れ、世界中のみんなが兄弟になって、みんながすてきな家に住んで、日曜日ごとにチキンを食えるようになったんです」

大尉はおれの話を聞いてない。照明弾が作った線のほう、タイムマシンのビームのへりへと歩きだした。照明弾の煙がいちばん濃いところへ。

一九一八年の世界へ永久に消える前に、大尉は足をとめた。なにかを見つめている。この無人地帯に鳥の巣かヒナギクでもあったのかな、とおれは思った。

だが、大尉が見つけたものはどっちでもなかった。おれは近づいてそれをよく見た。一九一八年の砲弾が炸裂した穴の真上で、大尉は立ったまま宙に浮かんでいる。

その爆裂孔のなかには、ふたりの不運な死人と、ふたりの生きた人間がいた。それとぬかるみ。ふたりの兵士が死んでいるのはひと目でわかった。ひとりは頭がないし、もうひとりは体がふたつにちぎれている。

人なみの心があれば、濃い煙のなかでそんなものにでくわすと、この宇宙のものがなにひとつ現実でなくなる。もう世界陸軍もなく、永久の平和もなく、インディアナ州ルヴァーンもない。タイムマシンもない。

あるのはポリッキーと、おれと、その穴だけ。

自分に子供ができたら、おれはその子にこう教えるつもりだ。「なあ、チビすけ。絶対に時間をおもちゃにするんじゃないぞ。いまはいま、昔は昔のままにしとけ。それとな、チビすけ、もし濃い煙のなかへはいったら、煙が薄れるまでじっとしてろ。自分がいまどこにいるか、これまでどこにいたか、どこへいくつもりだったか、それがわかるまではじっとしてろ、いいな?」

おれはその子を揺さぶるだろう。「チビすけ、わかったか?」とおれはいう。「パパがいってることをちゃんと聞けよ。パパは知ってるんだから」

おれがそんなかわいい子を持つ日はこないだろうと思う。だが、その子にさわって、その子の匂いを嗅いで、その子の声を聞きたい。でなけりゃ、くそくらえ。

その穴のなかで、かわいそうな一九一八年の人間が四人、まるで金魚鉢のなかを這いまわるカタツムリなみにぐるぐる這いまわっていたことは、ひと目でわかった。それぞれのうしろに足跡がつづいている——生きたふたりのと、死んだふたりのと。

その穴のなかへまた一発の砲弾が落下して、爆発した。

噴きあがった土砂が落ちてきたとき、もう生き残りはひとりしかいなかった。

その男はうつ伏せの姿勢から寝返りを打って仰向けになり、両腕を上げた。自分の無備な部分を一九一八年にさらして、そんなに殺したけりゃ殺せ、といってるみたいに。

つぎの瞬間、その男はわれわれに気づいた。

自分の真上に浮かんだこっちの姿を見ても、その男は驚かなかった。もうその男はなにを見ても驚かなくなっていた。恐ろしくゆっくりと不器用に、その男は土のなかから自分の小銃を掘りだし、こっちに狙いをつけた。その男は微笑をうかべていた。まるでわれわれがだれなのか知っているように。われわれを傷つけられないことを知っているように。このすべてがでっかい冗談であるかのように。

その小銃から銃弾が飛びだす可能性はなかった。銃口が泥でふさがっているのだ。小銃は暴発した。

それでもその男はぜんぜん驚かなかった。けがをしたようすもない。男がこっちによこした微笑、いまのジョークを面白がってるような微笑は、その男が倒れて死んだあとも、まだその顔に残っていた。

一九一八年の弾幕砲火がやんだ。

だれかが遠くでホイッスルを吹いた。

「なにを泣いてるんだ、新兵?」とポリッツキーがいった。

「自分が泣いてるとは知りませんでした、大尉どの」とおれはいった。えらく皮膚が張りつめ、目が熱くなったが、自分が泣いてるとは知らなかった。

「おまえは泣いていたし、いまも泣いてる」と大尉はいった。

それを聞いて、おれは大泣きをはじめた。自分はまだ十六、ただのでっかい赤ん坊なのはわかってる。おれは腰をおろした。たとえ大尉に頭をけとばされようと、二度と立ってやるもんか、と思った。

「ほら、みんながいくぞ!」ポリッツキーがでっかい声でわめいた。「おい、見ろよ、新兵、見ろ! アメリカ兵だ!」まるで独立記念日かなにかみたいに、大尉は拳銃をぶっぱなした。「見ろ!」

おれはそっちを見た。

まるで百万人もの人間が、タイムマシンのビームを横切ってるみたいだ。一方のなんにもないところから出てきて、もう一方のなんにもないところへ消えていく。だれの目も死んでる。まるでゼンマイを巻かれたみたいに、片足をもう片足の前に出している。

とつぜんポリッツキー大尉は、おれの体を重さがないみたいにほうりあげた。「こい、新兵——やつらといっしょにいこう！」と大尉はどなった。

頭のおかしい大尉は、おれの手をひっぱって、照明弾の線を横切った。

おれはわめき声をあげて彼に嚙みついたが、もう遅い。

照明弾はもうどこにもなかった。

あるのは、まわりの一九一八年だけ。

永久に一九一八年のなかへとり残されたんだ。

そこへまた弾幕砲火がおそってきた。だが、こんどのそれは鋼鉄と高性能弾薬で、おれは肉体で、昔は昔、鋼鉄も肉体もひとかたまり。


目がさめると、おれはここにいた。

「いまは何年ですか？」とおれはきいた。

「一九一八年だよ」とむこうの何人かがいった。

「ここはどこですか？」とおれはきいた。

ここは病院に改造された大聖堂だ、とむこうは答えた。おれはそれが見たくなった。音の反響からしても、天井がどんなに高くて、でっかい建物かはわかる。

おれは英雄じゃない。

英雄は、おれのまわりにいるここのみんなだ。おれは自分の経歴に尾ひれなんかつけなかった。たったひとりの敵も突き刺したり、射殺したりしてないし、一発の手榴弾も投げてないし、ひとりのドイツ兵も見てない。あの恐ろしい穴のなかにいたのがドイツ兵だったならべつだが。

英雄たちには特別の病院があっていいと思う。おれみたいなやつの隣のベッドに英雄を寝かさないためにも。

新入りのだれかが話を聞きにくると、おれはいつも最初にこういう。おれが戦場へ出てから弾に当たるまでには、十秒もかからなかった。「この世界を民主主義にとって安全な場所にするために、おれはなにもできなかった」とその連中にいう。「弾に当たったときは、まるで赤ん坊みたいに泣きわめいて、大尉を殺そうとしてた。もしあの銃弾でむこうが殺されなかったら、おれが殺してた。大尉は同胞のアメリカ人なのに」

いや、ほんとにおれはそうしてただろう。

そのあと、おれは連中にこういう。もしチャンスがすこしでもあれば、もう一度脱走して二〇三七年の世界へもどりたい、と。

それは二重の意味で軍法会議に相当する罪だ。

しかし、ここの英雄たちはだれもそんなことに頓着しない。「気にするな、相棒」とみんながいう。「おまえはとにかくしゃべりつづけろ。もしだれかがおまえを軍法会議にかけようとしたら、おれたちみんなが宣誓証言してやるよ。おまえが素手でドイツ兵どもを殺し、おまえの両耳からは火が吹き出ていた、と」

連中はおれの話を聞きたがってる。

そこで、おれはまるきり目が見えないまま、ここで横になって、どんないきさつで自分がここへやってきたかを話すわけだ。頭のなかにはっきり見えるものを洗いざらい——世界陸軍のことも。どこに住んでるだれもが兄弟みたいなもので、平和がいつまでもつづいて、だれも飢える者がなくて、だれもおびえてないことを。

いまのあだ名をもらったのも、そういうわけだ。この病院にはおれの本名を知ってる人間がほとんどいない。最初にその名を思いついたのがだれかは知らないが、みんながおれのことを審判の日《グレート・デイ》と呼ぶんだ。

DARWIN
GAVE THE
CACHET
OF SCIENCE
TO WAR
AND
GENOCIDE.

ダーウィンは
戦争と
ジェノサイドに
科学の
お墨付きを与えた

バターより銃

Guns Before Butter

1

「たとえばロースト・チキンを作るんだったら、チキンをいくつかに切って、熱いフライパンの上で、溶けたバターとオリーブ油でキツネ色になるまでこんがり焼く」ドニーニ一等兵はそういってから、考え深げにつけたした。「上等の熱いフライパンだぜ」

「ちょっと待った」コールマン一等兵が小さい手帳にせっせと書きこみながらいった。

「チキンの大きさは?」

「四ポンドぐらい」

「何人前?」ニプタッシュ一等兵が鋭くたずねた。

「たっぷり四人前はあるよ」とドニーニ。

「忘れるな、チキンってものは骨がいっぱいくっついてるからな」ニプタッシュは警戒ぎみにいった。

ドニーニはグルメだった。この料理、あの料理の作り方をニプタッシュに教えるとき、彼の頭には何度も〝豚に真珠〟という言葉が浮かんだ。ニプタッシュは味や香りをまるで気にしない――気にするのは栄養価だけ。爆発的なカロリーだけ。手帳にレシピを書きこむときも、一人前ではたりないと考え、そこに関係したあらゆる食材の分量を倍にしようとする。「おまえひとりで平らげたっていいんだぜ、いわせてもらえば」とドニーニは冷静にいった。

「わかった、わかった。で、それから？」コールマンが鉛筆を構えたままたずねた。

「約五分間、両面がキツネ色になるまで焼いてから、刻んだセロリと、タマネギと、ニンジンを入れて、お好みの味に仕立てる」まるで味見をするようにドニーニは唇を閉じた。

「それから、ぐつぐつ煮えてるうちに、シェリーとトマト・ペーストを混ぜたものを入れて、蓋をする。三十分ほど煮てから――」ドニーニは言葉を切った。コールマンとニプタッシュは書く手をとめ、壁にもたれ、目を閉じ――耳をすましている。

「うまそうだ」とニプタッシュが夢見心地にいった。「だけど、知ってるか。アメリカへ帰ったら、おれが最初になにをするかを？」

ドニーニは心のなかでうめきをもらした。その答えは先刻承知だ。もう百回も聞かされている。この世界で自分の飢えを満足させる料理はないと確信しているニプタッシュは、ある料理を発明した。ある怪物料理を。

「まず第一に」とニプタッシュは熱をこめていった。「パンケーキを一ダース注文する。そう、そういったんだよ、きみ」と彼は架空のウェートレスに話しかけた。「十二枚だ！それから、その一枚一枚のあいだにフライド・エッグをはさむ。そのつぎになにをするか知ってるか？」

「その上からハチミツを垂らしてくれ！」とコールマンがいった。この男も、野獣まがいの食欲ではニプタッシュの同類だ。

「そうこなくっちゃ！」ニプタッシュが目をきらめかせていった。

「ばかばかしい」冷たくそういったのは、ドイツ軍の捕虜監視係である頭の禿げたクラインハンス伍長だった。この老人の年齢を、ドニーニは六十五歳ぐらいと踏んでいる。ときどきクラインハンスは考えこんでぼんやりしていることがある。この老人は、ナチス・ドイツという砂漠のなかの同情と非能率性のオアシスだった。本人の言によると、四年間リバプールで給仕として働いていたころに、いちおうの英語をおぼえたらしい。イギリス時代の体験について、クラインハンスはそれ以上を語らない。イギリス人は民族に役立つよりもはるかに大量のものを食べる、という意見を述べるだけだ。

クラインハンスはカイゼルひげをひねると、六フィートもの長さのある旧式小銃を杖にして立ちあがった。「おまえたちの話は食い物のことばっかり。この戦争でアメリカが負ける原因はそれだ——おまえたちみんながえらくやわなんだ」そういって、ニプタッシュをじろりとにらんだ。むこうはまだ空想のなかのパンケーキと、卵と、ハチミツに鼻を埋めているところ。「さあ、さあ、仕事にもどれ」それは忠告だった。

三人のアメリカ兵は、屋根のない建物の残骸のなかにすわったままだ。ここはドイツのドレスデン、こなごなになった石と材木の残骸のまっただなか。時は一九四五年の三月初め。ニプタッシュと、ドニーニと、コールマンはドイツ軍の捕虜。クラインハンス伍長は三人の監視者。彼の仕事は、この都市の十億トンもの瓦礫を、もはや存在しない交通のじゃまにならないよう、ひとつずつ、秩序正しいケルンに積みあげさせることだった。三人のアメリカ兵は、捕虜収容所の規律を乱したというささやかな落ち度で、名ばかりの処罰を受けている。その実、毎朝この三人が街路まで駆りだされ、クラインハンスのものうげな青い瞳の前で働かされるのは、鉄条網に囲まれたお行儀のよい仲間たちの運命と比べて、それほどわるくもない。クラインハンスが要求するのは、士官たちが通りかかったときに、忙しく働いているふりをすることだけなのだから。

食べ物は、捕虜のぱっとしない生存レベルのなかで士気に影響をおよぼす唯一のものだった。パットン将軍はまだ百マイルもの先。接近中のパットンの第三軍について、ニプタッシュや、ドニーニや、コールマンが話しあっているのを聞くと、その先鋒は歩兵隊や戦車隊でなく、給食係下士官の密集部隊と炊事車の集団のような気がしてくる。

「さあ、さあ」とクラインハンス伍長はくりかえし、サイズの合わない軍服、老人を狩り集めた物悲しい市民軍のぺらぺらで安っぽい灰色の軍服から、漆喰《しっくい》の粉をはらい落とした。それから腕時計に目をやった。名ばかりの昼食時間、食事ぬきの三十分は終わったのだ。

ドニーニはさらにもう一分間、自分の手帳を悲しげにめくってから、それを胸ポケットに入れ、どっこいしょと立ちあがった。

この手帳熱は、ドニーニがピザの作り方をコールマンに教えたときからはじまった。爆撃で大破した文具店から何冊かくすねてきた手帳のひとつに、コールマンがそれを書き写したのだ。それが実に心温まる体験だったので、まもなく三人とも、手帳にレシピを書き写すのに夢中になった。三人からすると、食べ物の名前を書き写すだけで、ぐっと実物に接近した気分になれたからだ。

三人のめいめいが自分の手帳をいくつかの部門に分けていた。たとえばニプタッシュが設けたのは、四つの大きな部門だ。〝試食予定のデザート〟、〝うまい肉料理の作り方〟、〝スナック〟、それに〝その他〟。

コールマンは眉を寄せ、自分の手帳にコツコツ書きこみをつづけた。「シェリーの分量は？」

「ドライ・シェリーだぜ──ドライにかぎる」とドニーニがいった。「カップ四分の三ぐらいかな」ニプタッシュが手帳に書きこんだなにかに消しゴムを使っているのを見て、「どうした？　書きなおしてるのか、一ガロンのシェリー、と？」

「ちがう。あれのことじゃない。おれが書きなおしてるのは、もっとべつのこと。なにをいちばん最初に食いたいかで、気が変わった」

「なにを食いたい？」コールマンが夢中でたずねた。

ドニーニは顔をしかめた。クラインハンスも顔をしかめた。その手帳は、ドニーニとニプタッシュの精神的闘争を激化させ、明確にしてしまった。ニプタッシュが口にしたレシピは華やかだが、即席のでっちあげ。ドニーニのレシピは綿密なまでに本物で、芸術的。コールマンは両者の板挟みになった。グルメ対大食漢、芸術家対物質主義者、美女対野獣。ドニーニは自分に味方がいることに感謝した。たとえそれがクラインハンス伍長であろうと。

「まだいうなよ」とコールマンがページをめくりながらいった。「一ページ目を出すまで待ってくれ」それぞれの手帳のいちばん重要な部分は、なんといっても一ページ目だ。申し合わせによって、そこにはめいめいがほかのどの料理よりもたのしみにしている料理の名が書いてある。ドニーニは、自分の手帳の一ページ目に、愛情をこめてアニトラ・アル・コニャック――ブランデー風味のカモ肉を選んでいた。ニプタッシュは、その光栄あるページに、恐るべき自己流パンケーキを選んでいた。コールマンはあやふやな気分で、ハムとスイートポテトの糖蜜煮に投票したが、ほかのふたりとの議論に負けた。彼はみじめな気分で、ニプタッシュとドニーニが選んだ料理を手帳の一ページ目に書き、決定を先延ばしすることにした。いま、ニプタッシュは自己流の怪物料理を飾りたてて魅力たっぷりに見せている。ドニーニはため息をついた。コールマンは気が弱い。ひょっとしてニプタッシュの新しいひねりが甘い声でコールマンを誘い、アニトラ・アル・コニャックを忘れさせるのでは。

「ハチミツはだめだ」とニプタッシュが強硬にいった。「いちおう考えてはみたんだぜ。いま気がついたんだが、それはだめ。卵と合わない。ハチミツは卵と合わない」

コールマンは手帳の文字を消した。「それで?」と期待をこめてたずねた。

「ホット・ファッジを上にのせる」とニプタッシュはいった。「でっかい、ホット・ファッジ——そいつを上にのせて、まわりへひろがらせる」

「うーん」とコールマン。

「食い物、食い物、食い物、食い物」とクラインハンス伍長がつぶやいた。「明けても暮れても食い物の話!　起立!　仕事にかかれ!　おまえたちのばかばかしい手帳。あれは略奪行為だぞ、わかってるのか。それだけで銃殺にできる」伍長は目をつむり、ため息をついた。

「食い物」と小声でいった。「食い物の話をしてなんになる?　食い物のことを書いてなんになる?　女の話をしろ。音楽の話をしろ。酒の話をしろ」両腕を上に伸ばし、天に向かって訴えた。「一日じゅうレシピのやりとりとは、まったくなんたる兵士どもだ」

「あんただって腹がへってる、ちがうか?」とニプタッシュがいった。「食べ物になんの恨みがある?」

「食べ物には不自由してない」クラインハンスがぶっきらぼうにいった。

「一日に黒パン六枚とスープ三杯——それで足りるのかい?」コールマンがきいた。

「それでじゅうぶんだ」クラインハンスは反論した。「そのほうが体調がいい。この戦争の前まで、おれは太りすぎだった。いまは若いころみたいにすらりとしてる。この戦争の前まで、だれもかれも太りすぎだった。生きるために食うんじゃなく、食うために生きていた」わびしげにほほえんで、「ドイツがいまほど健康な時代はない」

「ああ、だけど腹がへらないか?」とニプタッシュが問いつめた。

「食べ物は、おれの人生でたったひとつのものじゃないし、いちばん大切なものでもない」とクラインハンス。「さあ、さっさと立て!」

ニプタッシュとコールマンはしぶしぶ立ちあがった。「おやじ、小銃の先っちょに漆喰かなにかが詰まってるぜ」とコールマンがいった。一同は乱雑に散らかった街路までのろのろとひきかえした。しんがりのクラインハンスは、小銃の銃口に詰まった漆喰をマッチ棒でかきだしながら、手帳への罵倒をつづけた。

ドニーニは百万ものごろた石のなかからひとつを選ぶと、舗道の縁石のそばまで運び、クラインハンスの足もとに置いた。それから両手を腰に当てて、しばらく休息した。「暑い」とドニーニはいった。

「仕事をするにはぴったりだ」クラインハンスはいって、縁石の上に腰をおろした。「民間人のころのおまえの仕事は? コックか?」と長い沈黙のあとでたずねた。

「父親のイタリア料理店の手伝いをしてたんだ。ニューヨークで」

「おれはブレスラウでしばらく店を持ってた」とクラインハンスはいった。「もう大昔だ」ため息をついて、「いま考えるとばかばかしい。うまい料理を腹いっぱい詰めこむのに、ドイツ人がどれほどの時間とエネルギーを使ってたかを考えるとな。まったくばかげた浪費だ」彼はドニーニのむこうをにらみつけた。それからコールマンとニプタッシュに向かって指を一本立て、横にふった。道路の中央に突っ立ったふたりは、どちらも片手に野球のボール大の石ころを持っている。もう片手には手帳。

「あれには酸っぱいクリームがはいってたような気がする」とコールマンがしゃべっている。

「手帳をしまえ！」とクラインハンスが命じた。「おまえたちには女がいなかったのか？女の話をしろよ！」

「もちろん女はいたさ」コールマンが苛立った口調で答えた。「名前はメアリー」

「その女について知ってるのはそれだけか？」とクラインハンス。

コールマンはけげんな顔つきになった。「名字はフィスク――メアリー・フィスク」

「で、そのメアリー・フィスクは美人だったのか？　なにをしてた？」

コールマンは考えこむように目を細めた。「一度、彼女が一階まで下りてくるのを待っててさ、おれは年とった母親がレモン・メレンゲ・パイを作ってるのを見てたんだ」と彼はいった。「その母親がどうしたかというと、砂糖と、コーンスターチと、ひとつまみの塩をカップ二杯の水と混ぜて――」

「たのむ、音楽の話をしよう。音楽は好きか？」とクラインハンスがいった。

「それから、その母親はなにをした？」とニプタッシュがいった。手に持っていた小石を下におき、手帳に書きつけている。「もちろん卵を使ったんだろうな、ええ？」

「おい、たのむよ、おまえたち。もうよせ」とクラインハンスが訴えた。

「もちろん、卵は使ったさ」とコールマン。「それにバターも。バターと卵をたっぷりな」

2

ある地下室でニプタッシュがクレヨンを見つけたのは、その四日後のことだった——クラインハンスが処罰班に監視任務からの解放を要請して断られたのとおなじ日だ。

その日の朝、仕事に出発したとき、クラインハンスはおそろしく不機嫌で、三人の捕虜にどなりちらした。足並みを揃えず、両手をポケットに入れて行進した、というのだ。

「好きなだけしゃべれ、しゃべれ、しゃべれ、食べ物のことをな。この女ども」と三人をなじった。「もう聞きたくない！」彼は勝ち誇った表情で弾薬嚢から脱脂綿の塊をふたつとりだし、両耳に詰めた。「これでおれは自分の考えに浸れる、あはっ！」

その日の昼休み、ニプタッシュは爆撃で破壊された家の地下室に忍びこんだ。故郷の家のこぢんまりした地下室のように、手つかずの自家製瓶詰が棚に並んでいるのでは、と望みをかけたのだ。地下室から出てきた彼は、落胆し、ほこりまみれで、緑色のクレヨンを毒味中だった。

「うまいか?」コールマンが希望をこめてたずねながら、ニプタッシュの左手に握られた黄と、紫と、ピンクと、オレンジのクレヨンに目をやった。

「うまいぜ。どの匂いが好きだ? レモンか? ブドウか? イチゴか?」ニプタッシュは手に持ったクレヨンを地面に投げつけ、つづいて緑色のクレヨンを吐きだした。

ふたたび昼食の時間。クラインハンスは捕虜たちに背を向けてすわり、こなごなになったドレスデンのスカイラインを思案げに見つめていた。その両耳からは白い房がふたつ飛びだしていた。

「これに合うのはなんだか知ってるか?」とドニーニがいった。

「ホット・ファッジ・サンデー。ナッツとマシュマロをのっけたやつ」打って返すようにコールマンが答えた。

「それにチェリー」とニプタッシュ。

「スピエディーニ・アラ・ロマーナ!」ドニーニが目をつむり、小声でいった。

ニプタッシュとコールマンは手帳をとりだした。

ドニーニは自分の指先にキスをした。「チョップト・ビーフの串刺し、ローマ風」と前置きしてから、「チョップト・ビーフが一ポンド、卵が二個、ロマノ・チーズを大匙《さじ》三杯、それに――」

「それで何人前?」とニプタッシュがきいた。

「並みの人間なら六人前かな。ブタなら半人前」

「その料理、どんなふうに見える？」とコールマンがきいた。

「そうだな、いろんなものが串に刺さってるみたいに見える」ドニーニはクラインハンスが耳栓をはずしてから、すぐまたもとへもどすのを見てとった。「口では説明しづらい」ドニーニは頭をかいてから、はたとクレヨンに目をとめた。彼は黄色のクレヨンを手にとると、スケッチをはじめた。やがてその作業に身がはいってくると、ほかの色のクレヨンも使って、微妙な陰影やハイライトをつけたし、最後に背景として、市松模様のテーブルクロスを描きたした。ドニーニはそれをコールマンに渡した。

「うーん」とコールマンはつぶやき、首を左右にふりながら唇をなめた。

「すげえ！」ニプタッシュが感心した口ぶりでいった。「このちっちゃいやつらが、まるでこっちをめがけて飛びだしてくるみたいだ、なあ？」

コールマンがいそいそと自分の手帳をさしだした。ひらいたページの見出しは、真っ正直に〝ケーキ〟とある。「レディー・ボルチモア・ケーキの絵を描いてくれないかな？ほら、白くて、てっぺんにサクランボののっかったやつ」

二つ返事でドニーニはその絵を描き、わくわくするほどの大成功をおさめた。とても見映えのするケーキで、おまけとしててっぺんにこんなピンクのアイシングの文句がくっついている――〝祝凱旋コールマン一等兵！〟。

「おれにはパンケーキの山を描いてくれよ――十二枚」とニプタッシュがせがんだ。「そう、おれはそういったんだよ、きみ――十二枚！」ドニーニは感心しないなといいたげに首を横に振りはしたものの、ざっとした下書きにとりかかった。

「おれのをクラインハンスに見せてやろう」コールマンはうれしそうにいうと、腕をいっぱいに伸ばし、レディー・ボルチモア・ケーキを目の前にかざした。

「さあ、その上にファッジ」とニプタッシュがドニーニの首すじに息を吹きかけた。

「まったく《アッハ》！　おまえたちは《メンシュ》！」クラインハンス伍長がそうさけんだとたん、コールマンの手帳はぐしゃぐしゃの隣家の残骸のなかへ、傷ついた小鳥のように落ちていった。「昼休みは終了！」伍長はすたすたとドニーニとニプタッシュのそばへ近づき、ふたりから手帳をとりあげた。胸ポケットにそれをしまいこんで、「さあ、お絵描きも終了だ！　作業にもどれ、わかったか？」派手な身ぶりで、小銃におそろしく長い銃剣をつけた。「いけ！　かかれ《ロス》！」

「あいつ、いったいどうしたんだ？」とニプタッシュ。

「おれはケーキの絵を見せただけだぜ。それでかんしゃく玉の破裂かよ」コールマンがぐちった。「ナチめ」と声をひそめた。

　ドニーニはクレヨンをポケットへ滑りこませ、クラインハンスの恐ろしい銃剣の前からさっさと遠ざかった。

「ジュネーブ協定の規約で、兵卒は食費分の労働をしなくちゃならん。働け！」とクラインハンス伍長はいった。その午後ずっと、伍長は汗だくで不満顔の三人を働かせた。三人のうちのだれかが口をひらく気配を見せたとたんに、命令をどなった。「おい！　ドニーニ！　このスパゲッティの深鉢を持ちあげろ」そういうと、でっかい石の塊を靴のつま先で指し示した。つぎに、街路を横切るように倒れた十二インチ角の二本の梁へ、大股に近づいた。「ニプタッシュとコールマン、ぼうやたち」彼は両手を打ちあわせ、歌うように呼びかけた。「おまえたちが夢見ていたチョコレート・エクレアだ。ひとり一本ずつ」コールマンの鼻先一インチまで自分の顔を近づけて、「ホイップクリームつきだぞ」とささやいた。

　その夕方、よろよろと捕虜収容所の塀のなかへもどってきたのは、まぎれもなくふさぎこんだ一行だった。それまでの毎日、ドニーニと、ニプタッシュと、コールマンは、苛酷な重労働と厳格な規律で疲れきったように、足をひきずりながらもどってきた。また、クラインハンスは、三人がよたよたと門をくぐるとき、気性の荒い牧羊犬のように彼らをどなりつけ、すばらしい見せ場を演出したものだ。いまの三人の姿は以前とそっくりだが、彼らが演じている悲劇は現実だった。

　クラインハンスは兵舎の扉を荒っぽくひらき、横柄に片手を振って、三人をなかへ追いこんだ。

「気をつけ《アハトウング》！」兵舎のなかからかんだかい声がひびいた。ドニーニと、コールマンと、ニプタッシュは足をとめ、前かがみになって、いちおう靴の踵を打ちあわせた。革がパチッと鳴り、踵を打ちあわせる音とともに、クラインハンス伍長は小銃の台尻を床に打ちつけ、身ぶるいしながら、年老いた背すじの許すかぎり直立不動の姿勢をとった。ドイツ軍将校の抜き打ち査閲が進行中なのだ。毎月一回、こんな査閲がある。毛皮の襟つき外套と黒いブーツに身を包んだ小柄な大佐が、一列横隊の捕虜たちの前で、両足を大きくひらいて立っている。そのそばには捕虜監視係の太った軍曹。全員がクラインハンス伍長と三人の捕虜を見つめた。

「さてと」大佐はドイツ語でいった。「この連中は何者だ？」

軍曹が身ぶりをまじえながら急いで説明した。茶色の瞳が是認を求めていた。

大佐は両手を背中で組んだまま、セメントの床の上をゆっくりと横切った。そして、ニプタッシュの前で立ち止まった。「おまえ、いたつらしたのか、うん？」

「はい、閣下」とニプタッシュは手短に答えた。

「いま、ごめんなさいしてるか？」

「はい、閣下、まったくそのとおりです」

「よし」大佐はハミングしながら、小さいグループの周囲を何回かまわり、一度は足をとめてドニーニのシャツの生地をいじった。「わたしの英語《エイコ》、理解てきるか？」

「はい、閣下。よくわかります」とドニーニは答えた。

「このアグセント、アメリカのとの地方か？」と大佐は熱心にたずねた。

「ミルウォーキーです、閣下。知らなければ、閣下をミルウォーキー出身と思うところでした」

「わたちはシュパイとして、ミルヴォーキーに潜入てきたな」と大佐は誇らしげに軍曹にいった。そこでとつぜんクラインハンス伍長の上に視線をもどした。伍長の胸は大佐の視線の高さよりやや下にある。大佐のそれまでの上機嫌はふっとび、クラインハンスの真正面に近づいた。「伍長！　上着のポケットのボタンがはずれとる！」

クラインハンスは目をまんまるにして、大佐を怒らせたポケットの垂れ蓋に手をのばした。必死にボタンをかけようとした。だが、垂れ蓋は閉まらない。

「そのポケットになにかはいってるな！」大佐は顔を真っ赤にしてさけんだ。「問題はそれだ。出してみろ！」

クラインハンスはポケットから二冊の手帳をとりだし、ボタンをかけた。安堵の吐息をもらした。

「で、その手帳にはなにが書かれておるんだ、うん？　捕虜のリストか？　もしかすると、罰点のリストか？　見せてみろ」大佐は相手の無力な指からそれをひったくった。クラインハンスはぎょろりと目をむいた。

「これはなんだ？」信じられないといいたげに、大佐は高い声でたずねた。クラインハンスは答えようとした。「黙れ、伍長！」大佐は眉を上げ、かたわらの軍曹にも見えるように、手帳のページをひろげた。「『故郷へ帰ったら、いちばん最初に食いたいもの』」と大佐はゆっくり読みあげた。そして首を横にふった。「アッハ！　『ちゅうに個のパンケーキとそこにはさんだフライト・エッグ』だと。ああ！　「上にのせたホット・ファッチ！」大佐はクラインハンスに向きなおった。「おまえがほしいものはこれか、哀れな小僧

?」と大佐はドイツ語でたずねた。「それになんときれいな絵が描けるものだ、うーん」大佐はクラインハンスの両肩をつかんだ。「伍長という階級は、四六時中戦争のことを考えなくちゃいかん。兵卒なら、なにを考えようと自由だ——女、食べ物、そのてのたのしみをな——伍長が考えろと命じたかぎりは」まるでこれまで何度もそうしたことがあるかのような手際のよさで、大佐は両手の親指の爪をクラインハンスの肩章の下へもぐりこませた。ふたつの肩章が小石のように壁にぶつかり、兵舎の遠い一端までころがっていった。

「運のいい兵卒ども」

もう一度、クラインハンスは咳払いして発言の許可を求めた。

「黙れ、兵卒！」小柄な大佐は、二冊の手帳をばらばらにひきちぎりながら、気どった足どりで兵舎から出ていった。

3

ドニーニは腐りきった気分だった。ニプタッシュとコールマンもおなじ気分なのはわかっていた。いまはクラインハンス降等事件の翌朝。見たところ、クラインハンスのようすはふだんと変わらない。以前とおなじように活発な足どりだし、新鮮な空気や、廃墟から頭をもたげた春の気配をたのしむだけの心の余裕もあるように見える。

四人が受け持ちの街路、三週間の労働にもかかわらず、まだ自転車さえ通行不能の街路へやってきたとき、クラインハンスは前日の午後にそうしたように捕虜たちを威嚇したりはしなかった。それ以前の毎日でいったように、仕事に忙しいふりをしろ、ともいわなかった。そうはせずに、いつも昼休みを過ごす廃墟のなかへ三人を連れていき、腰をおろせ、と身ぶりで命じた。クラインハンスは眠っているように見えた。三人は黙りこんですわった。アメリカ兵たちは良心のとがめを感じていた。

「おれたちのせいであんたが肩章をなくしたことは、すまないと思ってる」ようやくドニーニはそういった。

「運のいい兵卒ども」とクラインハンスは陰気な口調でいった。「二度の戦争で、おれはようやく伍長になった。いまは」指をぱちんと鳴らして、「プッ、料理本はご法度《はっと》」

「なあ」とニプタッシュが震える声でいった。「タバコ吸うかい？　ハンガリーのタバコがあるんだ」彼は貴重なタバコをとりだした。

クラインハンスはわびしげにほほえんだ。「みんなで回しのみするか」彼はそのタバコに火をつけ、一服吸って、ドニーニに渡した。

「ハンガリーのタバコなんて、どこで手に入れた？」とコールマンがきいた。

「ハンガリー人から」とニプタッシュは答えた。ズボンの裾をひっぱりあげて、「靴下と交換したんだ」

四人はタバコを吸いおわり、石の壁にもたれた。だが、まだクラインハンスは作業についてなにもいわない。心ここにあらず、というように、またもやじっと考えこんだ。「おまえたち、もう料理の話はしないのか？」ふたたび長い沈黙が下りてから、クラインハンスがいった。

「あんたが肩章を剝がされたあとじゃな」ニプタッシュが陰気な声でいった。

クラインハンスはうなずいた。「それはもういい。悪銭身につかず、だ」唇をなめて、「もうじき、こんなことはぜんぶ終わる」うしろにもたれ、大きく伸びをした。「おい、おまえたち、この戦争が終わったら、おれがなにをするか知ってるか？」クラインハンス一等兵は目をつむった。「牛の肩肉を三ポンド手に入れて、ベーコンのラードを塗りつける。つぎにニンニクと塩とコショウをすりこんで、白ワインと水といっしょに陶器の壺へ入れる」――声がかんだかくなってきた――「あとはタマネギとベイリーフと砂糖」――彼は立ちあがった――「それにコショウの実！　いいか、十日たったらでき上がりだ！」

「なにができ上がる？」以前に手帳を入れてあった場所へ手をやりながら、コールマンが興奮した口調でたずねた。

「ザウアーブラーテン！」とクラインハンスがさけんだ。

「それで何人前？」とニプタッシュがたずねた。

「たった、ににん前だよ、坊や。残念だな」クラインハンスはドニーニの肩に片手をおいた。「腹をすかせたふたりの芸術家には、ザウアーブラーテンの量はこれでじゅうぶん――そうだろう、ドニーニ？」彼はニプタッシュにウィンクしてみせた。「おまえとコールマンには、なにかうんと腹がふくれるものをこさえてやるよ。こういうのはどうだ？　十二個のパンケーキのそれぞれのあいだに大佐の薄切りをはさんで、でっかいホット・ファッジでてっぺんを飾るというのは？」

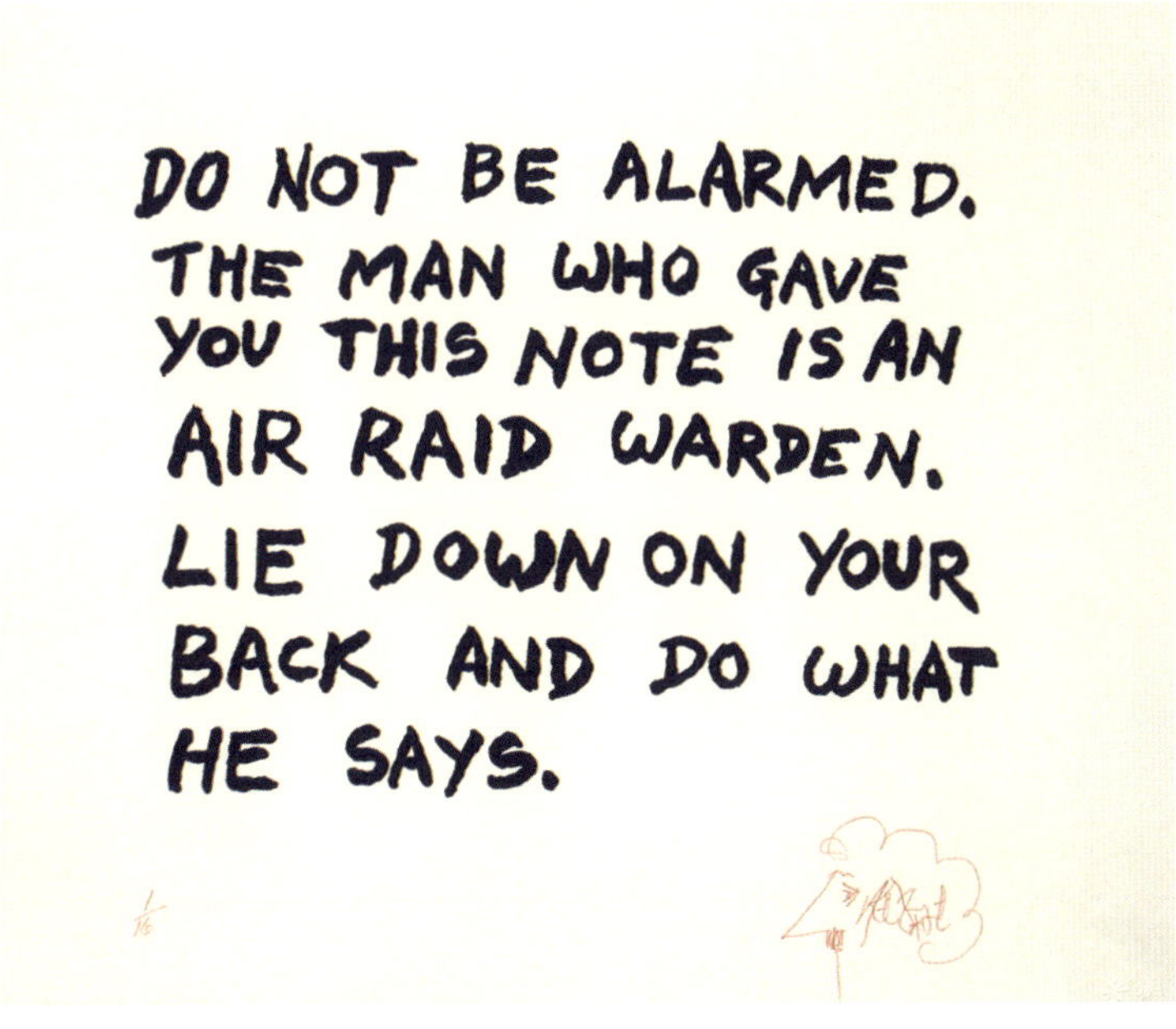
DO NOT BE ALARMED.
THE MAN WHO GAVE
YOU THIS NOTE IS AN
AIR RAID WARDEN.
LIE DOWN ON YOUR
BACK AND DO WHAT
HE SAYS.

驚かないように
このメモをよこした男は
民間空襲監視員です
仰向けに寝て
彼のいうとおりになさい

ハッピー・バースデイ、1951年

Happy Birthday, 1951

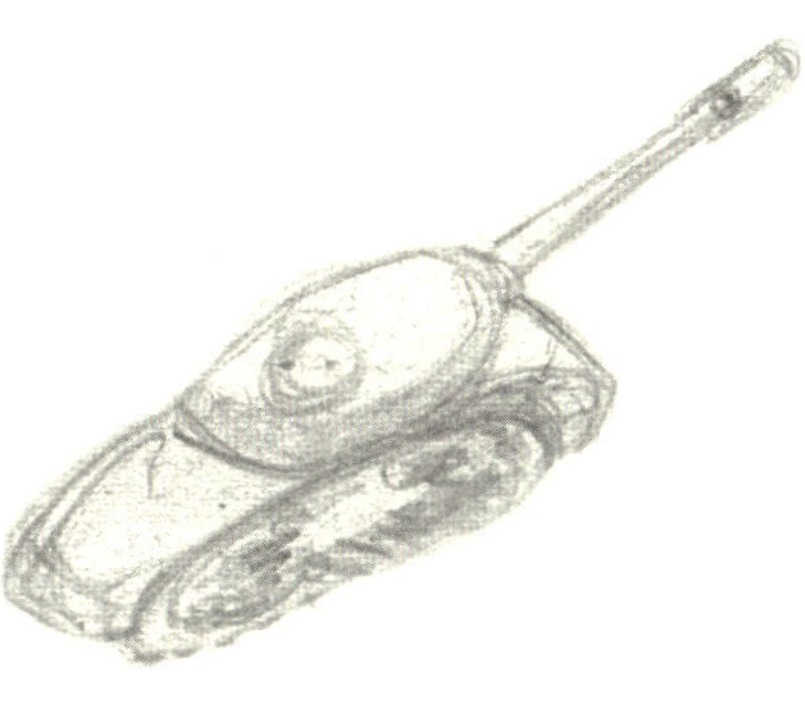

「夏は誕生日向きの季節だよ」と老人はいった。「だから、こっちが選べるのなら、どうして夏の日を選ばない？」老人は親指の先に唾《つば》をつけ、兵士たちから記入を命じられたひと束の書類をめくった。生年月日の記入がなければどんな書類も完全でない以上、この少年のために適当な日付を考えてやらなくては。

「なんなら、きょうを誕生日にしてもいいんだぞ、もしそれでよけりゃ」と老人はいった。

「けさは雨だったもんね」と少年はいった。

「よし、それじゃ明日にしよう。雲が南のほうへ吹きはらわれていく。明日は一日じゅうきっと上天気だ」

朝の吹き降りを避けて雨宿りをした兵士たちが、偶然にこの隠れ家を見つけた。そこは奇跡中の奇跡というか、この七年間というもの、この老人と少年が暮らしつづけた廃墟の一角だった。身元証明書類もなしに——いわば生きつづけることへの正式許可もなしに。

兵士たちにいわせれば、書類なしではだれひとり食物にも住居にも衣類にもありつけない。だが、この老人と少年は、廃墟の都市のどん底、地下墓地《カタコンベ》めいた地下室を掘りかえし、夜なかにこそ泥を働き、その三つともを手に入れていたのだ。

「なぜ震えてるんだい?」と少年はいった。

「年寄りだからさ。年寄りは兵隊が怖い」

「ぼくは怖くないよ」と少年がいった。自分たちの地下世界へ不意の侵入者がやってきたことに興奮しているのだ。少年は金色に光るなにかを、地下室の窓からさしこむ細い日ざしにかざした。「見える? さっき兵隊のひとりが真鍮のボタンをくれた」

その兵士たちはべつに恐ろしくなかった。老人はとても年老い、少年はとても幼いため、兵士たちは面白半分にふたりをながめた——この都市のすべての人間のなかで、戦争が終わって以来、どこにも存在の記録がなく、どんな予防接種も受けず、なんに対しても忠誠を誓わず、なんの否認も弁明もせず、選挙にも行進にもまるきり無縁の、たったふたりの人間を。

「なんにも悪いことはしてないよ」老人はもうろくしたふりをして、兵士たちに語った。

「なんにも知らなかった」戦争が終わった日、ある避難民の女性が赤ん坊をこの腕に預け、そのまま二度ともどらなかったことを、老人は語った。この少年といっしょに暮らしているのはそのためだ。この子の国籍? 名前? 生年月日? わからんなあ。

老人は棒を使ってストーブの灰のなかでジャガイモをころがし、黒焦げの皮から灰をはたき落とした。「わしはあんまりいい父親じゃなかったな。こんなに長いあいだ、おまえを誕生日もなしでほうっておいたんだから。おまえには毎年誕生日を祝ってもらう権利があるのに。六年間も誕生日なしでほったらかし。プレゼントもなし。ふつうなら、プレゼントをもらえるだろうに」老人はそっとジャガイモをつまみあげ、少年に軽くほうった。

少年はそれを受けとめて笑いだした。「で、明日をその日に決めたのか、ええ？」

「わかった。となると、プレゼントの準備期間があまりないが、なにか見つけるよ」

「うん、まあね」

「なに？」

「誕生日のプレゼントは、もらってびっくりのほうがいいんだ」老人は通りの先にあるゴミの山で目についた、いくつかの車輪のことを思いだした。この子が眠ったあと、あれでおもちゃの四輪車でも作ってやるか。

「聞いて！」と少年がいった。

廃墟ごしに、遠くの街路から行進の音が聞こえる。

「聞くな！」と老人はいってから、少年の注目を求めるように指を一本立てた。「おまえの誕生日に、ふたりでなにをするか知ってるか？」

「ベーカリーからケーキを盗む？」

「かもな――だが、わしが考えていたのはそれじゃない。明日、なにをすると思う？　生まれてはじめての場所へ、おまえを連れていってやりたい――わしもここ何年か、あそこへいったことがないんでな」そう考えるだけで老人は興奮し、幸せな表情になった。これこそプレゼントだ。四輪車など問題じゃない。「明日、戦争のない場所へおまえを連れていってやるよ」

老人は気づかなかったが、少年はけげんな表情で、すこしがっかりしていた。

少年が自分で選んだ誕生日は、老人が予言したとおり、からりと晴れた。ふたりはうす暗い地下室で朝食をとった。テーブルの上には、老人が夜ふけまでかかって作った四輪車のおもちゃがあった。少年は片手で食事し、もう片手を四輪車の上においていた。ときどきエンジン音をまねながら、その四輪車を二、三インチ前後に動かした。

「なかなかいいトラックを持ってなさるね、だんな」と老人はいった。「市場へ家畜を連れていくのかい?」

「ブルンガーガー、ブルンガーガー。どいた、どいた! ブルンガーガー。戦車に道をあけろ」

「失礼」老人はためいきをついた。「わしゃトラックかと思ったよ。ま、とにかく気に入ってくれたか。問題はそこだからな」老人はストーブの上でチンチン沸いたバケツの湯のなかへブリキの皿をほうりこんだ。「それに、これはまだ序の口。はじまったばかり」ほがらかな声で、「一番のおたのしみはあとからやってくる」

「べつのプレゼント?」

「まあ、そんなものだ。わしの約束をおぼえているか？　きょうのわれわれは戦争からおさらばする。森のなかへいこう」

「ブルンガーガー、ブルンガーガー。この戦車を持ってっていい？」

「トラックだと思ってくれるといいんだがな。きょうだけでも」

少年は肩をすくめた。「ここへおいてくよ。帰ってからまたこれで遊ぶんだ」


明るい朝の日ざしに目をぱちぱちさせながら、ふたりは人気《ひとけ》のない街路を歩いたのち、新しく衣替えしたにぎやかな大通りへ折れた。とつぜん世界がまっさらで、清潔で、無傷になったように見える。このすばらしい大通りの両側わずか一ブロックの先から、都市の廃墟がはじまり、それが何マイルも先までつづいていることに、みんなは気づいていないように見える。ふたりは弁当を小脇にかかえ、南のほう、松林に覆われた丘陵地帯へと歩いた。大通りは、そちらへ向かってなだらかな登り坂になっていた。

四人の若い兵士が肩を並べて歩道を下ってきた。老人は彼らを通そうと車道に下りた。少年は敬礼したが、道はゆずらなかった。兵士たちは微笑して敬礼を返し、左右に分かれて少年に道をゆずった。

「機甲歩兵部隊だよ」と少年は老人にいった。

「ふーん？」老人は緑の丘に目を据えたまま、うわの空でいった。「ほんとか？　どうしてわかる？」

「緑色のモールが見えなかった？」

「見たとも。しかし、あんなものは変わっていく。わしがおぼえてるのは、機甲歩兵部隊が黒と赤の時代で、緑は――」そこで言葉をとぎらせた。「なにもかもたわごとさ」老人はきつい口調になった。「なんの意味もない。きょうのわしらがここへきたのは、それを忘れるためだ。こともあろうに、おまえの誕生日にそんなことを考えちゃいかん」

「黒と赤は工兵隊だよ」少年は真剣な口調で口をはさんだ。「黒だけのは憲兵隊で、赤は砲兵隊、青と赤は衛生隊、それに黒とオレンジは……」


松林のなかはとても静かだった。何世紀もの長寿に恵まれた松葉のカーペットと緑の屋根とが、都市から漂ってくる騒音を鈍らせていた。太い茶色の幹が作りだす果てしない柱廊が、老人と少年をとりまいていた。太陽は真上にあるが、松葉と枝が作る厚く濃密な毛布ごしだと、まぶしい光の点の集まりにしか見えない。

「ここ？」と少年がいった。

老人はぐるっと周囲を見まわした。「いや――もうちょっと先だ」と指さした。「あそこさ――木と木のあいだ。ほら、ここから教会が見える」森のへりの二本の松の木のあいだから、四角な空を背景に、黒い骸骨を思わせる焼け焦げた尖塔が見えた。「だが、よくお聞き――あれが聞こえるか？　水の流れる音だよ。この上手に小川がある。そこから小さな谷間へ下りると、もう木の梢《こずえ》と空しか見えない」

「わかった」と少年はいった。「ぼくはここのほうが好きだけど。でも、いいよ」少年は尖塔をながめ、老人に目を移し、問いかけるように眉を上げた。

「いまにわかるさ——ここよりもずっといいぞ」と老人はいった。

尾根の頂きにたどりつくと、老人は幸せそうに真下の小川を指さした。「あそこだ！　おまえはあれをどう思う？　エデンの園だよ！　天地が始まったときのな——森、空、それに水。ここがおまえの世界になるはずだったし、きょうだけは、おまえもそれを自分のものにできる」

「わあ、見て！」少年がもう一方の尾根を指さした。

枯れた松葉の色そっくりに錆びついた巨大な戦車が、キャタピラを破壊されて、尾根の上に立ち往生している。かつての戦車砲は、錆のかさぶたに覆われた黒い穴でしかない。

「あそこへいくには、どうやって川を渡ればいいの？」と少年がいった。

「あそこへはいきたくない」老人は短気に答え、少年の手を強く握りしめた。「きょうはだめだ。いつかべつの日に、また出なおしてこよう。きょうはだめだよ」

少年はとても落胆したようすだった。老人に握られた小さい手が力なく垂れた。

「この先に曲がり角がある。そこを曲がると、ここへきたお目当てのものが見える」

少年は無言だった。小石を拾うと、それを戦車に向かって投げた。小さいミサイルが目標に向かって飛行するあいだ、少年は全世界がいまにも爆発するかのように身を固くしていた。カチンとかすかな音が砲塔から聞こえ、少年はいちおう満足したようすで体の緊張を解いた。それから従順に老人のあとへくっついてきた。

曲がり角をまわりきると、老人のお目当てのものが出現した。滑らかで平らなテーブル状の乾いた岩が、高い両岸にはさまれて、流れのなかへ突き出ている。老人は苔むした岩の上に身を横たえると、かたわらの一ヵ所を掌《てのひら》でたたき、そこに少年をすわらせた。そして、弁当をひらいた。

昼食のあと、少年はしばらくもじもじしていた。「すごく静かだね」ようやくそういった。

「こうでなくちゃな」と老人は答えた。「世界の片隅――こうでなくちゃ」

「淋しいよ」

「だから美しい」

「ぼくは町のなかのほうが好きだ。兵隊とか――」

老人は少年の腕を荒々しくつかみ、強く力をこめた。「いや、それはいかん。おまえはまだなにも知らんのだよ。まだ年が若すぎる。若すぎるから、これがなにか、わしがおまえになにを与えようとしているのか、それがわからんのだ。しかし、いずれもっと年をとれば、きっとここを思いだして、もどってきたくなる――おもちゃのトラックがこわれたずっとあとで」

「あのトラックはこわれてほしくないよ」

「こわれない、こわれない。だが、ここへ横になって、目をつむって、耳をすましてごらん。なにもかも忘れて。わしがおまえにくれてやれるのはこれだけ——戦争から離れた二、三時間だ」老人は目をつむった。

　少年は老人のそばに身を横たえ、おとなしく目をつむった。


　老人が目ざめたとき、太陽はすでに低く傾いていた。小川のそばで長い昼寝をしたせいか、全身が痛く、じっとり湿った感じだった。老人はあくびをし、伸びをした。「帰る時間だ」まだ目を閉じたままでそういった。「平和な一日の終わり」そこで老人は少年の姿が見えないことに気づいた。最初はべつに気がかりなようすもなく、少年の名を呼んだ。だが、風の音のほかになんの返事もないのに気づいて、立ちあがり、大声でさけんだ。

　恐怖が老人をわしづかみにした。少年はこれまで一度も森のなかまではいったことがないから、もし北のほうへ、丘と森のなかへ分け入ったりしようものなら、あっさり道に迷うだろう。老人は小高い場所まで登って、もう一度名前を呼んだ。返事はない。

　ひょっとすると、あの戦車を見に下まで降りていって、流れを渡ろうとしたのか。だが、あの子は泳げない。老人は急いで川下へ向かい、曲がり角をまわって、戦車の見える場所までもどった。その醜悪な記念物は、切り通しのむこうからこちらへ不気味に口をあけていた。動くものはない。聞こえるのは風と水の音だけ。

「バーン！」と小さい声がさけんだ。

　少年は勝ち誇ったように砲塔から顔を上げた。「やったあ《ガッチャ》！」と少年はいった。

BLESSED
ARE THE
HAPPY-GO-LUCKY
GIRLS AND BOYS.
1/52

成り行きまかせの
若い男女は
幸いである

明るくいこう

Brighten Up

わたしにも自分の父親とおなじ考えを持っていた時期があった。信心深く、勇敢で、信頼でき、礼儀正しいイーグル・スカウト（最高位のボーイスカウト）になることが、ゆたかな人生の基盤だ、と。しかし、その後、心身の鍛練についてもっと現実的に考える機会ができた。そして、ビーバー・パトロール（女あさりをすること）よりも、ヘルズ・キッチン（ニューヨークの貧民街）のほうが、人生にとっての堅実な準備ではないか、と考える機会に恵まれた。友人のルイス・ジーリアーノは十二歳から葉巻を吸った男だが、無秩序状態のなかでたくましく生きていくには、わたしよりもはるかに覚悟ができており、ポケットナイフと缶切りと皮革穴あけ器《レザーパンチ》の組み合わせで逆境に立ち向かうように訓練されていた。

わたしの考えている男としての生存技術のテストは、ドレスデンの捕虜収容所で起きた。わたしというまっとうなアメリカ青年と、民間人時代は十代の少女相手にハシシの売人をやっていたというじだらくな小男のルイスが、そこでいっしょに暮らすことになったのだ。

いまになってルイスのことを思いだしたのは、こちらが文無しなのに、ルイスのほうは彼が裏も表も知りつくした世界のどこかで、王子様のような生活を送っているだろうからだ。ドイツでもそれはおなじだった。

ジュネーブ協定の民主的条項のもと、捕虜になったわれわれ兵卒は、食い扶持を自分で稼がなくてはならなかった。みんなが働いた。といっても、ルイスはべつ。鉄条網の囲いのなかでのルイスの最初の行動は、英語をしゃべれるナチの監視兵にこう訴えることだった。この戦争の片棒はかつぎたくない。これは兄弟同士の戦いで、ローズヴェルトやユダヤの国際銀行家どものしわざだと思うからだ、と。わたしはルイスに、本気でそんなことをいったのか、とたずねた。

「おれはバテたよ、まったくもう」とルイスはいった。「六カ月もやつらと戦ってバテバテだ。いまはのんびり休みたい。それにほかの連中なみにうまいものが食いたい。おい、明るくいこうぜ!」

「おれは遠慮する。あいにくだが」とわたしは冷たく答えた。

わたしは重労働をする作業班として、外へ送りだされた。ルイスはドイツ軍の軍曹の当番兵として収容所に残った。ルイスは軍曹の軍服に一日三回ブラシをかけ、よぶんの食料をもらっている。こちらはアメリカ空軍の爆撃の後始末にこき使われ、ヘルニアになった。「対敵協力者!」廃墟の市街でとりわけつらい労働をやらされた一日のあと、わたしは歯をむきだして彼を罵った。よごれひとつない服を着た元気いっぱいのルイスは、捕虜収容所の門のわきで衛兵と並んで立ち、ほこりまみれでへとへとの行列のなかの顔見知りたちにうなずいていた。わたしの悪罵に対するルイスの反応は、宿舎までわきにくっついてくることだった。

ルイスはわたしの肩に手をおいた。「なあ、若いの、こんな見かたもできるんだぜ。ここでのおまえは、ドイツ野郎《ジェリー》どもがまたここを戦車やトラックで走れるように、街の後かたづけのお手伝いをやってる。おれにいわせりゃ、それこそ対敵協力じゃねえか。おれが対敵協力者だと？　おまえのいうのはあべこべだぜ。おれがこの戦争でドイツ野郎に協力してるのは、やつらのタバコをふかし、よぶんなエサをやつらからむしりとってることだけさ。それがわるいか？」

わたしは自分の寝棚でどさっと横になった。ルイスはそばにある藁《わら》のマットレスの上に腰をおろした。こちらの腕が寝棚の横からぶらさがっていたため、ルイスは腕時計に興味をひかれたようだ。母からの贈り物に。

「こりゃいい。すてきな腕時計じゃねえか、若いの」とルイスはいった。それから、「なあ、おい、力仕事で腹ペコだろうが？」

わたしは飢えていた。ツルハシをふるう九時間の重労働後の心臓《ハート》を喜ばせるごちそうが、代用コーヒーと、水っぽいスープ一杯と、ひからびた三切れのパンなのだ。ルイスは同情的だった。おまえが好きだから力になってやりたい、という。「おまえはいい子だよ。これからおれがなにをするか教えよう。おまえのために一肌脱いで、取引してきてやる。ひもじい思いをしてたって意味ないぜ。うん、この腕時計なら、すくなくともパン二個の値打ちはあるな。いい取引だと思わないか、どうだ？」

その瞬間のパン二個は、目もくらむ誘惑だった。ひとり占めできるとは信じられないほどの、どでかい食品だった。だが、わたしは値をつり上げようとした。すると、ルイスはいった。「なあ、いいか、若いの。相手がおまえだから、特別のお値段にしたんだぜ。とびきりの高値に。おまえのためにひと肌ぬいでやりたいんだよ、わかるな？　ただし、くれぐれもこの取引の件はないしょだぜ。でないと、ほかのみんなが腕時計をパン二個とひきかえたがるからな。約束するか？」

わたしは誓った。聖なるすべての御名《みな》にかけて、親友ルイスの寛大なはからいのことはいっさい口外しない、と。ルイスは一時間ほどでもどってきた。宿舎のなかをそうっと見まわしたあと、ぐるぐる巻きにした野戦用上着のなかからパンをとりだし、それをわたしのマットレスの下に隠した。わたしはふたつめのパンがとりだされるのを待った。だが、その気配はない。「若いの、なんとおまえに謝ればいいか。いつも取引してる衛兵にいわせるとだな、バルジの大会戦からおおぜいの兵隊がもどってきてからというもの、腕時計の相場が暴落したんだとさ。いっぺんに腕時計がどっと放出されたのが原因らしい。すまん。だが、これだけはわかってくれ。おまえの腕時計がぎりぎりの高値で売れるように、このルイスが骨折ったってことをな」彼はマットレスの下のパンに手を伸ばそうとした。「もしだまされたと思うなら、ひと言そういいな。そうすりゃ、おれはこいつを相手に返して、おまえの腕時計をとりもどしてくる」

胃袋がうめきをもらした。「しょうがないよ、ルイス」わたしはため息をついた。「おいてってくれ」

翌朝目が覚めたとき、わたしは何時だろうと腕時計に目をやった。そして、もうそこに腕時計がないことに気づいた。上の寝棚にいる男も身動きをした。わたしは彼に時間をたずねた。むこうは寝棚の横から首を突きだしたが、よく見るとパンを頬ばっている。返事といっしょに、むこうはパンのかすをパラパラと降らした。彼がいうには、もう腕時計はない。もぐもぐとパンを噛みこなし、口のなかの大きなひときれをのみこんでから、事情をこう説明してくれた。「いまの時間なんて、だれが気にする？　新品でも二十ドルしない腕時計とひきかえに、ルイスのやつがパン二個とタバコ十本をよこしたのに？」

ルイスは衛兵たちとなれあいで、独占事業を経営しているのだ。監視兵たちは、ナチの道徳基準を守ると誓ったルイスを、捕虜のなかでただひとりの頭のいい男で、捕虜全員との取引はこの見せかけのユダを通じておこなうべきだ、と信じこんだらしい。その六週間後、ドレスデンの宿舎に移されたときには、ルイスと衛兵たちをべつにすると、われわれのだれひとり、いまの時間を知る手だてを持っていなかった。その二週間後には、ルイスはこんな論法で、あらゆる既婚者たちから結婚指輪をせしめていた。「オーケイ。じゃ、せいぜいおセンチになって、どうぞ飢え死にしておくれ。愛とはすばらしいもんだって話は聞いてる」

ルイスはボロ儲けしていた。あとでわかったのだが、たとえばわたしの腕時計はタバコ百本とパン六個で売れたらしい。飢えた体験のある人間なら、これがすごい大当たりだとわかるはずだ。ルイスは自分の財産の大半を、あらゆる品物のなかでいちばん流通しやすいもの、つまり、タバコに変えていた。高利貸しになろうかという考えが彼の頭にうかぶまでに、そうひまはかからなかった。捕虜には二週間に一度、二十本のタバコが支給される。喫煙習慣の奴隷どもは、一日か二日で割り当て分を吸いつくし、つぎの支給日まで半狂乱状態になる。〝みんなの友〟または〝正直者《オネスト・ジョン》〟のあだ名で知られるようになったルイスは、つぎの支給日まで五十パーセントという穏当な利子でタバコを借りる方法もある、と宣言した。まもなくルイスは手持ち資産の貸し出しをはじめ、その資産を二週間で五割ずつふやしはじめた。わたしは借煙の深みにはまり、もはや担保に入れるものは自分の魂しかなくなった。わたしはルイスの強欲さをとがめた。「キリストは金貸しどもを神殿から追っぱらったんだぜ」といってみた。

「若いの、あの連中が貸してたのは金さ」と彼は答えた。「おれはおまえにタバコを借りてくれ、なんてたのんだおぼえはない、そうだろうが？　タバコを貸してくれ、とたのんだのはおまえだぜ。なあ、タバコは贅沢品。生きていくには、べつにタバコなんか吸わなくたっていい。タバコなんか吸わないほうが、たぶん長生きできる。なんであんな不潔な習慣をやめないんだよ？」

「つぎの木曜まで、何本貸してくれる？」とわたしはたずねた。

法外な利息がレコード破りの量にふくれあがったとき、ルイスがいらいらしながら待っていた大詰めが到来、ついに手持ちのタバコの価値が急上昇した。アメリカ空軍がドレスデンのひよわな防空網を突破して猛爆をおこない、なかでもとりわけ主要なタバコ工場のいくつかを破壊したのだ。その結果、捕虜へのタバコの割り当てだけでなく、衛兵や市民へのタバコの割り当ても完全にストップした。ルイスは地方財政の大立て者となった。衛兵たちはすっかりタバコを切らしてしまったため、以前にルイスに払ったよりも安い値段で、われわれの指輪や腕時計をルイスに売りもどしはじめた。何人かの見積もりでは、ルイスの資産は腕時計百個にも達しているという。だが、本人の評価はもっと控えめで、腕時計五十三個と、結婚指輪十七個と、高校卒業の記念指輪が七個と、先祖伝来の懐中時計用飾り物が一個。「時計のなかには修理の必要なものだってけっこうあるしな」とルイスはわたしにいった。

アメリカ空軍が、なかでもとりわけ主要なタバコ工場のいくつかを破壊した、とさっきわたしがいったのは、それと同時におおぜいの人間も爆弾でふっとばされた、という意味だ——約二十万の市民が命を失った。そのため、こちらの作業も不気味な色あいを帯びてきた。われわれは無数の地下室から死体を掘りだす作業を命じられた。死者の多くは宝石類を身につけ、貴重品を地下室へ運びこんでいた。最初、われわれは副葬品などに目もくれなかった。第一に、死者から遺品を剝ぎとるのは卑しむべき行動だし、第二に、もしそんな現場を見つかったらさいご、死刑はまちがいない気がしたからだ。しかし、ルイスがわれわれに分別を説いた。「おいおい、若いの、たった十五分で、引退しても食っていけるだけの財産が手にはいるんだぜ。連中にたのんで、ほんの一日でもおまえたちの仲間入りをしたいぐらいだ」ルイスは唇をなめなめ、先をつづけた。「いいことを教えようおまえの苦労に見あうように。上物のダイヤの指輪をひとつ持って帰ってこいよ。そしたら、おたがいこのボロ家にいるあいだ、おまえがタバコに不自由しないようにしてやる」

翌日の夕方、わたしはルイスに渡す指輪をズボンの裾に隠して持ち帰った。あとでわかったのだが、ほかのみんなもそうしたらしい。持ち帰ったダイヤを見せると、ルイスは首を横にふった。「ああ、なんてひどい話だ」と、そのダイヤを明かりにかざした。「この哀れな若者はジルコンのために命を張ったのか!」みんなが持ち帰った宝石は、綿密な検査でわかったのだが、ジルコンか、ガーネットか、模造ダイヤだった。その上、ルイスの指摘によると、もしかしてそれらにあったかもしれないわずかな価値も、マーケットの供給過剰で暴落した可能性がある。わたしはタバコ四本とひきかえに、自分の略奪品を手放した。ほかのみんなは、チーズひと切れや、二、三百グラムのパンや、二十個のジャガイモにありついた。なかには見つけた宝石を手放さない者もいた。ルイスはときおり彼らに話しかけ、盗品所持を発見される危険性を説いた。たとえばこんなふうに。「きょう、イギリス兵の収容所で、哀れなやっこさんが槍玉に上がってな。シャツの内側に真珠のネックレスを縫いつけてるのを見つかったんだ。たった二時間の軍法会議のすえに銃殺さ」遅かれ早かれ、みんながルイスと取引することになった。

最後のひとりがお宝を放出してまもなく、収容所に親衛隊の抜き打ち査閲があった。検査されなかったのは、ルイスのベッドだけだった。「彼は一度もこの収容所から離れたことがないし、完全無欠な囚人です」看守のひとりが急いで査閲官にそう説明したらしい。その夕方、わたしが作業からもどってくると、マットレスは切り裂かれて、床の上に藁が飛びちっていた。

だが、ルイスの幸運も完全無欠とはいえなかった。最後の数週間の戦闘で、監視兵までがソ連軍の進撃を食いとめるために狩りだされ、入れかわりに、わたしたちの監視者として到着したのは、よぼよぼの老人中隊だった。新しい軍曹は当番兵を不要とみなしたため、ルイスは無名の存在としてわれわれのグループに埋没してしまった。新しい状況におかれたルイスがいちばん屈辱を味わったのは、ほかのみんなと同様に肉体労働へ送りだされることだった。ルイスはくやしがり、新任の軍曹に会見を求めた。彼は面接を許され、一時間ほど宿舎からいなくなった。

やがてもどってきたルイスに、わたしはたずねた。「どうだった、ヒトラーはベルヒテスガーデンの山荘をいくらで手放すって？」

ルイスはタオルにくるんだ包みをかかえていた。彼はそれをひらき、二挺の鋏《はさみ》と、いくつかのバリカンと、一挺のカミソリをとりだした。「おれはこの収容所の床屋だ」と彼は宣言した。「収容所長の命令で、おれはおまえたちを人前に出しても恥ずかしくない紳士にすることになった」

「もし髪を刈ってもらいたくなければ？」とわたしはきいた。

「その場合は、食料割り当てを半分に減らされる。これも所長命令」

「どうやってその仕事にありついたのか、話してくれるか？」

「ああ、いいとも」とルイスはいった。「おれは所長にこういっただけさ。まるでギャングそこのけのむさくるしい連中といっしょに扱われるのが、おれは恥ずかしくなりました。あんなみっともない連中を収容所においとくのは、所長の恥ですよ。で、われわれふたり、所長とおれは、その状況になんらかの手を打つことになったわけだ」ルイスは床のまんなかに腰掛けをおくと、わたしを手招きした。「若いの、おまえが第一号だ。所長はおまえの髪の毛が長く伸びてるのに気づいてたぞ。だから、早くあいつを刈れとさ」

わたしは腰掛けにすわり、ルイスはタオルをわたしの首のまわりに巻きつけた。鏡がないので刈りかたはよく見えないが、手つきはなかなかさまになっていた。わたしは理髪師としての彼の意外な技術を褒《ほ》めた。

「べつにどうってことはないさ」とルイスは答えた。「ときどき、自分でも驚くがね」彼はバリカンで仕上げを終えた。「手間賃としてタバコ二本、またはそれに相当するなにかをよこせ」わたしは料金をサッカリンの錠剤で支払った。いまやタバコを持っているのはルイスだけなのだ。

「晴れ姿を見てみるか？」ルイスはわたしに鏡のかけらをよこした。「わるくないだろうが、ええ？　それにこの仕事のいいところは、おそらく第一号のおまえの理髪が、これからおれがやるなかで最悪の仕事だってこと。時間をかけりゃ、どんどんうまくなっていくはずだしな」

「なんだ、こりゃあ！」とわたしはさけんだ。わたしの頭皮はまるでエアデール・テリアの背中そっくりだった。疥癬《かいせん》にかかった頭皮と、伸びほうだいの髪の房がまだらになって、一ダースほどの小さい切り傷から血がにじんでいた。

「つまりこういうことか。自分が一日じゅう収容所に居すわりたいもんだから、こんな仕事をひきうけたんだな？」とわたしはどなった。

「よせよ、若いの。そうカッカするな」とルイスはいった。「なかなか似合うぜ」

結局、この状況には、なにも目新しいところはなかった。ルイスにとっては、いつもとおなじビジネス。ほかのみんなが一日じゅう必死で働き、夕方、へとへとになって帰ってくると、ルイス・ジーリアーノの散髪が待ちかまえているわけだ。

IN THE U.S.A.
IT'S WINNERS
VS.
LOSERS,
AND THE FIX
IS
ON.

合衆国内は
勝ち組と
負け組の
勝負で
しかも
八百長がある

一角獣の罠

The Unicorn Trap

西暦一〇六七年、イギリスのストウ・オン・ザ・ウォルド村では、ずらっと並んだ十八の絞首台のアーチの下に、てんでんばらばらの方角を向いた十八人の死者がぶらさがっていた。征服王ウィリアム一世の友人、恐怖公ロベールによって首を吊るされた死者たちは、どんよりした目で羅針盤の方位を順々ににらむ。北、東、南、西、そしてふたたび北。心優しい人びと、貧しい人びと、考え深い人びとには、なんの希望もない時代だった。

絞首台から道ひとつ隔てた土地に、木こりのエルマーと、妻のアイヴィーと、十歳の息子のエセルバートが住んでいた。

エルマーの小屋の裏手は森だった。

エルマーは小屋の戸を閉め、目をつむり、唇をなめ、後悔を味わった。それから食卓の前に息子のエセルバートとすわった。恐怖公ロベールの従者から思いがけない訪問を受けていたあいだに、オートミール粥《がゆ》はすっかり冷めていた。

妻のアイヴィーは、いましがた神が通りすぎていったかのように、背中を壁に押しつけていた。目が輝き、呼吸が浅い。

エセルバートは冷めたオートミール粥をぼんやりとわびしく見つめている。幼い少年の心も、家族の悲劇という水たまりのなかでびしょ濡れになっていた。

「ねえ、恐怖公ロベールはすごい貫禄じゃない？　馬の鞍にまたがったところなんて」とアイヴィーがいった。「あれだけの装身具とお化粧と羽飾り。馬にまでとびきりきれいな布《ドレープ》でさ」ノルマン人の乗馬の蹄の音が遠ざかるのを聞きながら、彼女は自分の着たぼろをひらひらさせ、まるでお妃のように首をゆらした。

「たしかに豪勢だ」とエルマーがいった。才槌《さいづち》頭の小男。不運な知性をたたえた青い瞳は、どことなく落ちつかない。小柄な体格を縁どっているのは、貧弱なロープまがいの筋肉、肉体労働を強いられた思考型の人間の拘束帯だ。「たしかに豪勢だよ」

「ノルマン人については好きなことがいえるでしょうよ」とアイヴィーがいった。「でも、あいつらがイギリスに上品さを持ちこんだんだわ」

「こっちはいまその代償を払わされてるところだ」とエルマーがいった。「ただほど高いものはない」彼は息子のエセルバートの亜麻色の髪に指を埋め、少年を仰向かせて、人生に生きる価値があるという証《あかし》をその瞳のなかにさぐった。だが、そこにあるものは、自分の不安な心を映した鏡像だけだった。

「この近くに住んでる人たちは見たにちがいないわ。恐怖公ロベールが先頭に立って、みんなをどなりつけてるところをね。あの偉ぶったお殿さま」アイヴィーが誇らしげにいった。「もうしばらくの辛抱よ。いまにむこうは従者をここへよこして、あんたを新しい収税人に取りたてる」

　エルマーは首を横にふり、口をもぐもぐさせた。知恵と温和な人柄を売り物にしてこれまでの人生を生きてきたのに、いまになって恐怖公ロベールの強欲を代弁するように命じられるとは――それがいやなら、恐ろしい死にざまが待っている。

「あの馬がつけてた布地でドレスを作りたいわ」とアイヴィーがいった。「いちめんの青い地の上に小さな金色の十字が散らしてある」生まれてはじめて彼女は幸福を味わっているようだ。「むぞうさな感じのドレスに仕立てるのよ。背中に大きなひだがいっぱいあって、裾をうしろにひきずって――でも、仕立てはぞんざいじゃないのよ。ひょっとしたら、ちゃんとした衣装ができたあと、すこしフランス語を勉強して、ノルマンの貴婦人たちとおちゃべり《パルレィ・ヴー》できるかも。すごく上品にね」

　エルマーはため息をつき、息子の両手を自分の手で包みこんだ。エセルバートの両手はかさかさ。掌は傷だらけ、毛穴や爪にまで土がはいりこんでいる。エルマーはそのひび割れのひとつを指先でなぞった。「なんでこうなった？」

「罠を仕掛けたんだよ」とエセルバートは答えた。生きかえったように元気づき、利発そうな目をきらきらさせている。「穴の上にサンザシを並べてさ」と熱心に説明した。「一角獣が罠にはまったら、サンザシの枝がその上に落ちるんだ」

「それでむこうは動けなくなるわけか」エルマーは優しくいった。「一角獣の夕食をたのしみにする家族は、イギリス広しといえどもそうたくさんはないだろうな」

「ねえ、いっしょに森のなかへきて、あの罠を見てくれない?」とエセルバートがいった。

「ちゃんとできてるかどうか」

「きっとすてきな罠だろうな。ぜひ見たいもんだ」とエルマーはいった。一角獣を生け捕りにする夢が、父親と息子の暮らしというくすんだ生地のなかを、ひとすじの金色の糸のように縫っていく。

この英国に一角獣が棲んでいないことは、父も子も知っていた。だが、ふたりは狂気をわかちあう仲間になった——まるで一角獣がこのあたりをうろついているかのように。まるでエセルバートがいつか一角獣をつかまえるかのように。まるでこの痩せこけた一家が一角獣の肉で満腹し、貴重な角を売って大金に換え、末永く幸福に暮らせるかのように。

「見にくる、見にくるっていって、もう一年にもなるよ」とエセルバート。

「ずっと忙しくてな」とエルマーは答えた。その罠を調べにいって、正体をはっきり見たくはない——地面をひっかいた浅いくぼみの上に、ひとつかみの枝がのせてあるだけ。それが少年の空想のなかで大きな希望の源にふくれあがっているのだろう。できればエルマーも、大きい有望な罠だと考えつづけたかった。ほかにはなんの希望もない。

エルマーは息子の両手に口づけし、皮膚と土のまじりあった匂いを嗅いだ。「近いうちに見にいくよ」

「それに、あの馬の飾り布の残りで、あんたとエセルバートのズボン下を縫ってあげられるかも」アイヴィーがまだなかば夢を見ているような口調でいった。「ねえ、小さい金色の十字架模様の青いズボン下を、親子ではいてみたくない？」

「アイヴィー」とエルマーはしんぼう強い口調でいった。「その頭にしっかりとたたきこんでくれよ――ロベールは心底恐ろしいやつなんだ。あの馬の飾り布をおまえにくれたりはしない。あの男はだれにも、なにひとつ与えない」

「もしそうしたけりゃ、わたしは夢を見られると思うけどね」とアイヴィーはいった。

「それが女の特権なのよ」

「なんの夢を見るんだ？」とエルマー。

「もしあんたがいい仕事をしたら、もしかしてロベールもあの馬の飾り布をくれるかも。すりきれちゃったのをね」とアイヴィーはいった。「それに、もしかしてあんたがむこうも信じられないほどの税金を集めたら、いつかそのうち、わたしらをお城へ招いてくれるかもしれないし」空想の裳裾《もすそ》がよごれた床にふれないよう、彼女はドレスの両脇をつまむふりをして、しゃなりしゃなり歩きまわった。「ボンジュー。ムシュー。マダーム」とアイヴィーはいった。「殿方たちと奥方たちはお貧乏じゃあ、ございませんよね」

「おまえが見る最高の夢はそれか？」ショックを受けて、エルマーはたずねた。

「きっとむこうはあんたにとても風変わりな名前をつけてよこすわよ。血みどろエルマーとか、狂人エルマーとか」アイヴィーがいった。「あんたとわたしとエセルバートは、日曜日がくるたんびに着飾って馬車で教会へでかける。もしどこかの老いぼれ農奴が生意気な口をきいたら、さっそくひっとらえて……」

「アイヴィー！」とエルマーはさけんだ。「こっちも農奴なんだぞ」

アイヴィーは足を踏み鳴らし、首を左右にゆらした。「恐怖公ロベールは、もっと暮しを改善する機会を、わたしたちに与えてくれたんじゃないの？」

「あの暴君みたいになれ、と？」エルマーは聞きかえした。「それが改善か？」

アイヴィーは食卓の前にすわり、食卓に両足をのせた。「もしだれかが自分のせいでもないのに支配階級に生まれたとしたら、支配しなけりゃ人民が政府への尊敬をなくしてしまうわ」彼女はお上品なしぐさで体をかいた。「まず人民を支配しなくちゃ」

「人民も気の毒にな」とエルマー。

「人民を保護しなくちゃね」と彼女。「それに甲冑やお城も安上がりじゃないし」

エルマーは目をこすった。「アイヴィー、教えてほしいもんだな。われわれはなにから保護されている？　いまの暮らしよりもずっと悪い、どんなものから保護されている？この目でそれを見てみたい。自分がなにをいちばん怖がってるかがはっきりする」

アイヴィーは夫の言葉を聞いてなかった。蹄の音の接近に胸をおどらせていた。恐怖公ロベールとその側近が城への帰り道でここの表を通りかかり、その力と栄光のもとに小屋が身ぶるいしている。

アイヴィーが駆けよって戸をあけた。

エルマーとエセルバートが一礼した。

ノルマン人たちからうれしそうな驚きのさけびがあがっている。

「おい《アン》!」

「見ろ《ルガルデ》!」

「追いかけろ《ドネ・ラ・シャッス》、わが勇者たち《メ・ブラーヴ》よ!」

ノルマン人の乗馬がいっせいに竿立ちになり、向きを変え、森へ駆けこんでいく。

「いい知らせがどこにある?」とエルマー。「あの連中がなにかをしとめたのか?」

「鹿を見つけたんだわ!」とアイヴィーがいった。「みんなで追っかけてる。恐怖公ロベールを先頭に」彼女は胸に手をおいた。「彼はすごい狩猟家じゃない?」

「いや、そうじゃないな」とエルマーは答えた。「神が彼の右腕をたくましくさせたまわんことを」皮肉な笑みが返ってくるのを期待して、彼は息子のエセルバートを見た。

エセルバートの痩せた顔が青ざめた。目が大きく飛びだした。「あの罠――あいつらが向かってるのは、ぼくの罠のほうだ!」と少年はいった。

「もしやつらが指一本でもおまえの罠にふれたら、おれは――」とエルマーがいった。首の筋肉が大きく盛りあがり、両手がかぎ爪になった。もちろん、もし恐怖公ロベールが罠を見つければ、丹精こめた少年の手細工はばらばらにされるだろう。「狩りのために《プール・ル・スポール》。狩りのために《プール・ル・スポール》」と苦い口調でいった。

エルマーは恐怖公ロベール殺害の白昼夢に浸ろうとしたが、その夢は現実とおなじく失望ものだった――もともと弱点のないところに弱点は見つからない。その白昼夢は現実そっくりの終わりかたをした。大伽藍《だいがらん》のようにでっかい馬にまたがったロベールとその部下たちは、面頬《めんぽお》の桟《さん》の奥で笑いながら、刀剣や、鎖や、ハンマーや、肉切り包丁のなかからお好みの武器を選んでいる――ぼろをまとったひとりの怒《いか》れる木こりを始末する方法を選んでいる。

エルマーの両手は力なく垂れた。たるんだ、無気力な口調でいった。「もしやつらがあの罠をこわしたら、新しい罠をこしらえよう。前よりずっといい罠をな」

自分の弱さにエルマーは吐き気がした。その吐き気がどんどんひどくなる。彼は腕組みした両手の上にひたいをのせた。つぎに顔を上げたときには、されこうべのように不気味な笑みをうかべていた。臨界点を越えたのだ。

「父さん！　だいじょうぶ？」エセルバートが心配そうにたずねた。

エルマーはよろよろと立ちあがった。「だいじょうぶだ。だいじょうぶ」

「さっきとすごくちがって見えるよ」エセルバートがいった。

「たしかにちがう」とエルマーはいった。「おれはもう怖くないぞ」テーブルの縁をつかんでさけんだ。「おれはもう怖くない！」

「しーっ！」とアイヴィーがいった。「むこうに聞こえるわよ！」

「おれはもう黙らない！」エルマーは激しい口調でいった。

「黙ったほうがいいわ」とアイヴィーがいった。「知ってるでしょうが。黙らない人たちに、恐怖公ロベールがなにをするか」

「知ってる」とエルマーはいった。「連中の頭に帽子を釘づけするんだ。しかし、おれの払わなくちゃならない代償がそれなら、払ってもいいぞ」ぎょろりと目をむいた。「恐怖公ロベールがこの子の罠をこわしているところを考えてたら、目もくらむような光といっしょに、人生の物語ぜんたいがそこへ現われた！」

「父さん、聞いて——」とエセルバートがいった。「あいつが罠をこわしたって、ぼくは怖くないよ。それより怖いのは、あいつがつぎになにをしてくるかだ——」

「目もくらむような光だぞ！」とエルマーはさけんだ。

「大声はよしてよ」とアイヴィーが扉を閉めながら気短にいった。「わかった、わかった、わかった」彼女はため息をついた。「聞かせてちょうだい。目もくらむような光のなかの人生の物語を」

エセルバートが父親の袖をひいた。「ぼくが名乗り出るよ。あの罠は——」

「建設者対破壊者！」とエルマーはいった。「それが人生の物語のすべてだ！」

エセルバートは首を横にふりふり、ひとりごとをいった。「もしあいつの馬がロープにくっついた踏み板を踏んだら、それが若木をひっぱって、つぎにそれが——」そこで唇を噛んだ。

「もうその話はおしまいよね、エルマー？」とアイヴィーがたずねた。「それでぜんぶね？」妻が内心でノルマン人見物にもどりたがっていることは、腹立たしいほど明白だった。

彼は戸の引き手をいじった。

「いや、アイヴィー」とエルマーは緊張した声でいった。「おれの話はまだ終わってないぞ」そういうと、戸の引き手から妻の手を払いのけた。

「まあ、たたいたわね」アイヴィーは驚きの声をあげた。

「一日じゅう、おまえはその戸をあけっぱなしにしてたろうが！」とエルマーはいった。

「戸なんかないほうがいい！　一日じゅう、おまえはその戸の前にすわって、処刑現場をながめ、ノルマン人が通りかかるのを待っていた」ふるえる両手を妻の顔に当てて、「おまえの脳みそが栄光と暴力で酔っぱらってるのも無理はない！」

アイヴィーはいじらしいほど身をすくめた。「ただの見物よ。淋しいんだもの。それに、ひまつぶしにもなるし」

「見物が長すぎる！」とエルマー。「それと、おまえに知らせることはまだある」

「なによ？」アイヴィーがかんだかい声で聞きかえした。

エルマーは痩せた肩をそびやかした。「アイヴィー、おれは恐怖公ロベールの収税人なんかにならないぞ」

アイヴィーは息をのんだ。

「破壊者どもの手助けなんか、だれがするもんか」とエルマーはいった。「息子とおれは建設者だ」

「もし断わったら、むこうはあんたを吊るし首にするわよ」とアイヴィーはいった。「そうするって約束したもの」

「わかってる」とエルマーはいった。「わかってる」不安はまだ生まれてない。いずれ苦痛がおそうだろう場所に、まだ苦痛は生まれてない。いまそこにあるのは、ついに完全なことをやってのけた、という思いだ——冷たい、澄んだ泉の水を味わった思いだ。

エルマーは戸をあけた。風が強まり、死人を吊るした何本もの鎖が、錆びたキーキーという音をゆっくりひびかせている。森を越えてやってきた風が、狩猟中のノルマン人の声をエルマーの耳まで運んでくる。

その叫び声は妙に困惑して、自信がなさそうだった。たぶん、うんと遠くから聞こえるためだろう、とエルマーは思った。

「ロベール、もーし《アロー》、もーし《アロー》? ロベール? おーい《アン》? もーし《アロー》、もーし《アロー》?」

「アロー? アロー? アン? ロベール——なにかいってください《ディツト・ケルク・ショーズ・シル・ヴ・プレ》。アン! アン! アロー?」

「アロー、アロー、アロー? ロベール? 恐怖公ロベール《ロベール・ロリブール》? アン? アロー、アロー、アロー?」

アイヴィーがエルマーの体をうしろから両腕で抱きよせて、頬を彼の背中にくっつけた。

「ねえ、エルマー。あんたが首を吊られるなんていやよ。愛してるわ、エルマー」

エルマーは妻の両手を軽くなでた。「おれも愛してるよ、アイヴィー。おまえに会えなくなるのは淋しい」

「ほんとにやるつもりなの？」とアイヴィーがいった。

「いまこそ自分の信じるもののために死ぬときなんだ」とエルマー。「たとえそうでなくても、やはりそうしないと」

「なぜなの、どうして？」とアイヴィー。

「なぜなら、息子の前でそうするといったからさ」エルマーは答えた。エセルバートが父のそばに駆けより、エルマーは息子を抱きしめた。

いまやこの小家族は腕をしっかりからませあって結ばれていた。きつく抱きしめあった三人は、沈む夕日を前に体を前後に揺すった――骨のずいで感じとったリズムで。

アイヴィーはエルマーの背中で泣きじゃくった。「これじゃエセルバートに、この子まで首を吊るされる方法を教えてるようなものよ」と彼女はいった。「いまのこの子はノルマン人に対してすごく生意気だから、それだけで地下牢《ウーブリエット》へほうりこまれないのがふしぎなぐらい」

「エセルバートにも、死ぬ前におれの息子に似た息子を持ってほしい」とエルマーはいった。

「万事がとても調子よくいってたのに」そういうなり、アイヴィーはわっと泣きだした。「せっかくあんたがすてきな役目をあてがわれて、出世の機会があったのに」とふるえ声でいった。「わたしは考えたわ。ひょっとして、恐怖公ロベールがあの馬の飾り布を使い古したら、あんたからこうたずねてもらえないかと――」

「アイヴィー！」とエルマーはいった。「これ以上、おれをいやな気分にさせないでくれ。慰めてくれ」

「あんたがなにをするつもりなのか、それがわかれば、うんと気がらくになるのに」とアイヴィー。

　ふたりのノルマン人が、とほうに暮れた悲しげな顔つきで森から出てきた。おたがいのほうを向き、両腕をひろげ、肩をすくめた。

　ひとりが長剣で茂みをかたわらへ押しのけて、悲しげな顔つきで下をのぞいた。「アロー、アロー」と彼はいった。「ロベール？」

「殿は消えた《イラ・ディスパリュ》」ともうひとりがいった。

「煙のように《イル・セ・テヴァヌイ》」

「乗馬《ル・シュヴァル》も、武器《ラルムマン》も、羽根《レ・プリュム》も——いっぺんに《トゥ・ダン・クー》！」

「ぱっと《プーフ》」

「ああ《エラス》」

　ふたりはエルマーとその家族に気づいた。「おい《アン》！」とひとりがエルマーを呼んだ。

「おまえはロベールを見たか《アヴェ・ヴ・ヴュ・ロベール》？」

「恐怖公ロベールを？」とエルマーは聞きかえした。

「そうだ《ウイ》」

「あいにくだが」とエルマーはいった。「彼の皮一枚、髪の毛ひとすじ、見てない」

「なに《エー》？」

「彼の皮一枚、髪の毛ひとすじ、見てない《ジュ・ネ・パ・ヴュ・ニ・ポー・ニ・シュヴー・ド・リュイ》」エルマーはフランス語でくりかえした。

ふたりのノルマン人はまたもや陰気に顔を見あわせた。

「ああ《エラス》！」

「ちくしょう《ズュット》！」

ふたりはのろのろと森のなかへもどっていった。

「もーし《アロー》、もーし《アロー》、もーし《アロー》？」

「おーい《アン》！　ロベール？　もーし《アロー》？」

「父さん！　聞いて！」エセルバートが興奮していった。

「シーッ」エルマーはおだやかに応じた。「いま母さんと話してるところだ」

「あのばかげた一角獣の罠とおんなじ」とアイヴィーがいった。「あれもわけがわからなかったわ。あの罠のことはいままでずいぶんがまんしてたのよ。ずっと黙ってた。でも、これからは自分がいいたいことをいわせてもらう」

「いえよ」とエルマー。

「あの罠は、ほかのどんなものとも関係ないわ」とアイヴィーがいった。

エルマーのまぶたの縁に涙があふれた。地面をひっかいたような穴と、その上にのせた小枝のイメージ、それに少年の想像力が、自分の一生のすべてを語っている——いままさに終わろうとしている一生のすべてを。

「このへんに一角獣なんか棲んでないのよ」アイヴィーが誇らしげに知識を披露した。

「そんなことは知ってるさ」とエルマーがいった。「エセルバートもおれもな」

「それに、あんたが首を吊るされたって、なんの役にも立たない」とアイヴィー。

「わかってる。エセルバートとおれはそのことも知ってる」とエルマー。

「じゃ、わたしがバカなのかもね」とアイヴィー。


とつぜんエルマーはさとった。自分がやっているこの完全な行動の代価は、恐怖と、孤独と、いずれ訪れる苦痛だ――冷たく澄んだ泉からひと口飲む水の代価。それはどんな恥辱よりもはるかに恐ろしい。

エルマーは唾をのみこんだ。いまに輪縄が食いこむだろう首すじに激痛が走った。「なあ、アイヴィー。おまえのいうとおりであってほしいよ」


その夜、エルマーは祈った。アイヴィーには新しい夫を、エセルバートには強い心を、そして明日の自分には慈悲深い死と天国を与えてください、と。

「アーメン」とエルマーは唱えた。

「なんなら、見せかけだけでも収税人のふりをしたら?」とアイヴィーがいった。

「見せかけの税金をどこから取りたてるんだ?」

「なんなら、ほんのしばらく収税人になる手もあるわ」とアイヴィー。

「もっともな理由で憎まれるあいだか」とエルマー。「それから首を吊るされるんだ」

「なにか手はあるわよ」アイヴィーの鼻が赤くなった。

「アイヴィー――」とエルマー。

「うん？」

「アイヴィー――青いドレスのことはわかったよ。小さい金十字の模様入りのな」とエルマーはいった。「おまえにそれを着せてやりたい」

「それと、あんたとエセルバートの青いズボン下よ」とアイヴィー。「わたしだけのものじゃない」

「アイヴィー」とエルマーはいった。「おれがやろうとしてることは――あの馬の飾り布よりもずっと大切なんだ」

「そこが問題ね」とアイヴィーがいった。「わたしにはあれよりすばらしいものが思いつけないわ」

「おれもだ」とエルマーはいった。「しかし、この世には、そういうものがある。あるにきまってる」悲しげに微笑してつづけた。「どんなものかは知らんが。明日おれが空中踊りをするとしたら、そのために踊るわけだ」

「早くエセルバートが帰ってくればいいのに」とアイヴィー。「いつも三人でいっしょにいないと」

「あいつは罠を調べにいったんだよ」とエルマー。「人生はまだつづく」

「あのノルマン人たちがとうとう帰ってくれてほっとしたわ」とアイヴィーがいった。

「もーし《アロー》とおーい《アン》とああちくしょう《エラスズュット》とぱっ《プーフ》とばっかりで、頭がおかしくなりそう。たぶん、あいつらは恐怖公ロベールを見つけたのよ」

「これでおれの破滅は本決まりか」とエルマーはそういって、ため息をついた。「いまからエセルバートを探しにいってくる」と彼はいった。「森のなかから息子を連れてもどること以上に、地上最後の夜を過ごすいい方法があるか？」

エルマーは、半月に照らされた淡青色の世界へと出ていった。エセルバートの足跡が残る小道をたどり——たどりながら、高く黒い壁に似た森までやってきた。

「エセルバート！」と彼は呼びかけた。

返事はない。

エルマーは森へ足を踏みいれた。木の枝が顔を鞭打ち、茨《いばら》の茂みが足をとらえた。

「エセルバート！」

答えるものは絞首台だけだった。鎖がきしみ、骸骨のひとつがカタカタ音をたてて地上に落下した。いまや十八のアーチの上の死体は十七。ひとり分の空席ができた。

エセルバートの身を案じるエルマーの思いはいっそうつのってきた。その思いが、彼を森の奥へ奥へと押しやった。やがて森のなかの空き地へたどりつくと、そこでひと休みすることにした。息がはずみ、汗が目にしみた。

「エセルバート！」

「父さん?」行く手の茂みからエセルバートの声がした。「ここへきて手伝ってよ」

エルマーはがむしゃらに茂みのなかへ駆けこみ、手さぐりで進んだ。

まっくら闇のなかでエセルバートが父親の片手をつかんだ。「気をつけて! もう一歩進んだら、父さんも罠に落ちるよ」

「ありゃま」とエルマーはいった。「間一髪か」息子の気分を明るくしようと、わざと恐怖を声にこもらせた。「ひえーっ! 危なかった!」

エセルバートは父親の手を下にひっぱり、地面に横たわったなにかに押しつけた。

エルマーがさわってみて驚いたことに、それは大きな牡鹿の死骸だった。彼はそのそばにひざまずいた。「鹿だ!」

その声は、まるで大地の内部からの反響のようにひびいた。「鹿だ、鹿だ、鹿だ」

「罠からひっぱりあげるのに一時間もかかったんだ」とエセルバートがいった。

「かかった、かかった、かかった」とこだまが返った。

「ほんとか?」とエルマー。「すごいじゃないか! 知らなかった、そんなに上出来なのか、あの罠は!」

「あの罠は、あの罠は、あの罠は」とこだまがいった。

「父さんが思ってるほどお粗末じゃないよ」とエセルバート。

「ないよ、ないよ、ないよ」とこだまがいった。

「どこから返ってくるんだ、あのこだま?」とエルマー。

「こだま、こだま、こだま？」とこだまがいった。

「父さんのすぐ前からさ」とエセルバートはいった。「この罠」

エルマーは思わず身を引いた。エセルバートの声がすぐ目の前の穴から聞こえたからだ。その声は、まるで地獄の門の奥から大地をつらぬいてひびくようだった。

「この罠、この罠、この罠」

「おまえが掘ったのか？」仰天してエルマーはたずねた。

「神さまが掘ったんだよ」とエセルバート。「洞窟の裂け目《チムニー》さ」

エルマーは長々と地上に横になった。冷えて硬直のはじまった牡鹿の腰に頭をのせた。茂みの緑の屋根にたったひとつ隙間があり、その隙間からまぶしい星の光がさしこんでくる。うれし涙のプリズムを抜けてくるその光が、エルマーの目には虹のように見えた。

「おれはもうこれ以上、人生になにも求めないよ」とエルマーはいった。「今夜は、あらゆるものを与えてもらった――それだけじゃない、もっと、もっとたくさんのものだ。神さまのお助けで、息子が一角獣を捕まえたしな」彼はエセルバートの片足にさわり、土踏まずをなでた。「もし神さまが、卑しい木こりとその息子の願いを聞きとどけてくださるのなら」と彼はいった。「この世界だってどうにでも変われるんじゃないか？」

エルマーはそこでうとうとと眠りかけた。あまりにもいろいろな計画で頭がごっちゃになっていた。

エセルバートが父親をゆり起こした。「この牡鹿を母さんに持って帰ろうか？　真夜中のごちそうに？」

「鹿のまるごとはだめだな」とエルマーはいった。「危険が大きすぎる。ステーキ用の上肉を切りとって、残りはここへ隠しとこう」

「ナイフはある？」とエセルバートはきいた。

「いや」とエルマー。「法律違反だからな」

「なにか肉を切る道具を探してくるよ」とエセルバートがいった。

エルマーはまだ横になったまま、息子が洞窟のチムニーへもぐりこむ物音を聞いた。やがて息子が地中深く、さらに深く、足がかりを探している物音が聞こえてきた。うめきをもらし、洞窟の底の丸太と取っ組みあっている。

もどってきたエセルバートの手には、なにか長いものがあり、まぶしいひとつの星の光を受けて、それがきらりと光った。「これで間に合うと思うよ」と息子はいった。

エセルバートが父親に渡したのは、恐怖公ロベールの鋭い両手用のだんびらだった。


いまは真夜中。

この小家族は鹿肉で満腹していた。

エルマーは恐怖公ロベールの短剣《ポワニャール》で歯をせせっていた。

エセルバートは戸のわきで見張りに立ち、羽根飾りで唇を拭《ぬぐ》っていた。

アイヴィーは満足そうに馬の飾り布を体に巻きつけた。「ふたりでなにかを捕まえにいくのがわかってたら、わたしもあの罠がそんなにまぬけな考えだと思わなかったかも」

「罠とはそういうものなんだ」とエルマーはいった。彼はうしろにもたれながら、明日の自分が吊るし首にならないことに、そして恐怖公ロベールが死んだことに、気分の高揚を感じようとした。だが、そこで気づいた。この執行猶予は、いま頭のなかの壮麗なドームを駆けめぐっているさまざまな考えにくらべると、退屈なしろものだ。

「わたしのたのみはひとつだけだわ」とアイヴィーはいった。

「いってみろよ」エルマーは気前よくいった。

「ふたりでわたしをからかうのはやめて。これが一角獣の肉だなんて」とアイヴィーはいった。「わたしがあんたたちの話をなんでもうのみにすると思う？」

「これはまさに一角獣の肉さ」とエルマー。「それに、いまから話すことは、おまえにもきっと信じられるよ」彼は恐怖公ロベールの鉄の籠手《こて》をはめ、それでテーブルの上をたたいた。「アイヴィー――これは卑しい身分の人間にとってのすばらしい一日だ」

アイヴィーは愛《いと》しげに夫を見つめた。「あんたもエセルバートもすてきだわ」と彼女はいった。「わざわざ外へでかけて、布地をおみやげにしてくれるなんて」

遠くで馬の蹄の音がした。

「ぜんぶ隠さないと！」とエセルバートがいった。

あっというまに恐怖公ロベールと牡鹿の痕跡は消えてなくなった。

完全武装のノルマン人の戦士たちがすさまじい音をたてながら、木こりのエルマーの粗末な小屋のわきを走り去っていった。

彼らは無形の夜の悪霊たちに向かって、恐怖と挑戦の叫びをあげた。

「おい《アン》！　おい《アン》！　勇気《クラージュ》を出せ、わが勇者たち《メ・ブラーヴ》よ！」

蹄の音はしだいに遠ざかっていった。

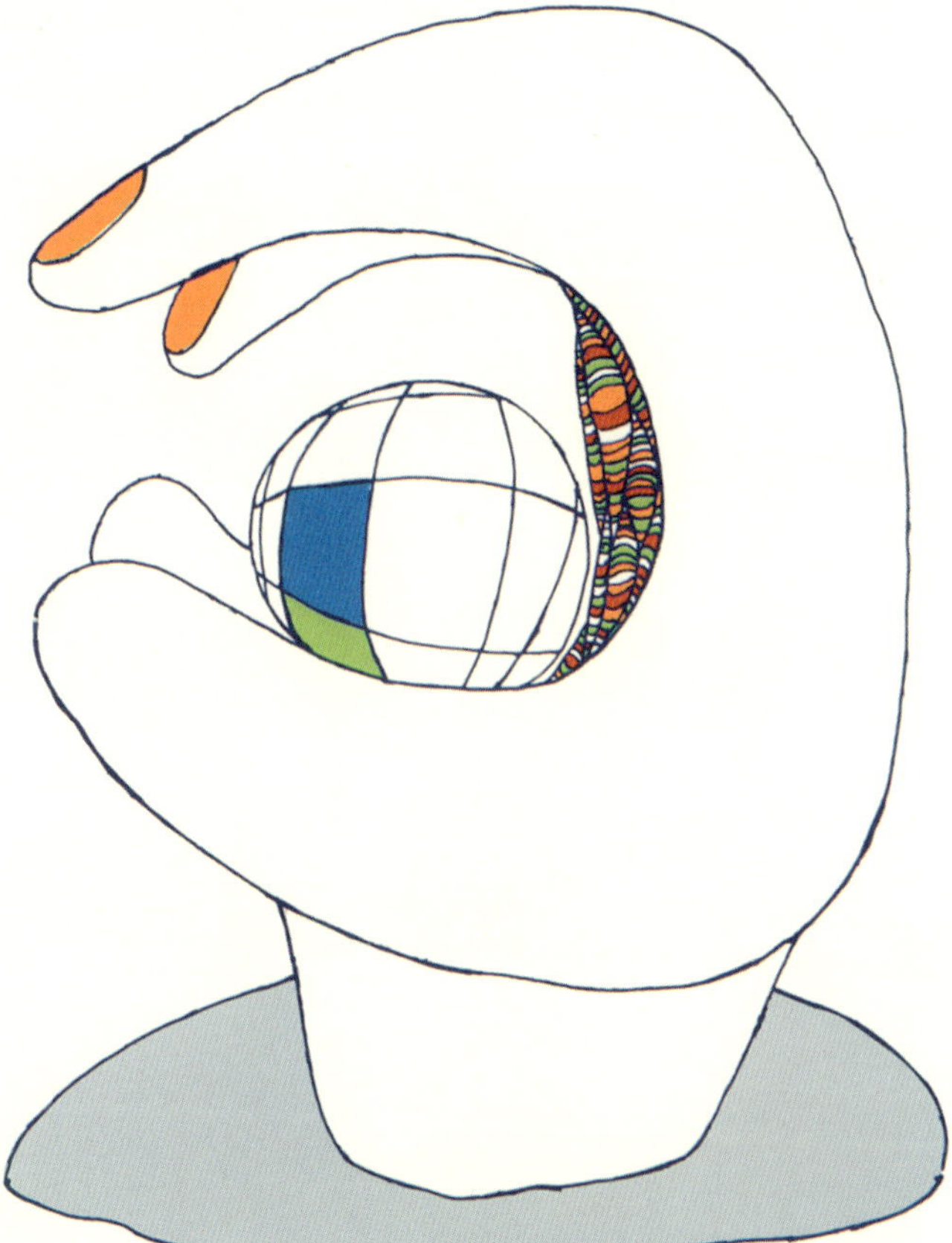

無名戦士

Unknown Soldier

もちろんナンセンスもいいところだ。うちの赤ん坊が、キリスト教紀元でいう第三千年紀《ミレニアム》の先頭を切って――二〇〇〇年一月一日の真夜中から十秒過ぎに――ニューヨーク市で生まれた赤ん坊だというのは。まず第一に、数えきれないほどおおぜいの人が指摘しているとおり、第三千年紀は二〇〇一年一月一日まで始まらない。また、地球ぜんたいから見れば、うちの赤ん坊が生まれたときは、もう新年になってから六時間も経過している。時間がそこからはじまる英国のグリニッジ王立天文台では、新年もそれだけ早くはじまる理屈だからだ。それに、いうまでもなく、キリスト生誕以来の年数計算はごく大ざっぱな数字である。データはきわめて漠然としている。しかも、出産が何時何分に起きたと、いったいだれが断言できるのか？　赤ん坊の頭が現われたときか？　全身が母親の体の外へ出たときか？　臍《へそ》の緒《お》が切られたときか？　西暦二〇〇〇年のニューヨーク市での出産第一号にはいろいろ豪華な賞品がかかっていたため、コンテストのはじまるずっと以前から、親たちと産科医の代表者たちの意見はこんなふうに一致していた。臍の緒切断の時刻は無関係。その時刻は、真夜中の刻限が到来するまでひきのばせるからだ。ことによっては、ニューヨーク市ぜんたいで、おおぜいの産科医が時計に目を釘づけにしたまま鋏を構え、もちろん、かねて用意の目撃証人たちが鋏を見つめ、時計を見つめる、というシーンが見られたかもしれない。優勝した医師には、いまでも旅行者がかなりの安全性を感じられるどこかの島で、全経費向こう持ちの休暇が贈られる。早くいえば、それは英国の落下傘大隊が駐屯しているバミューダ島だ。その機会さえあれば、医師たちが誕生時刻をごまかしたい誘惑にかられてもふしぎはない。

判断規準がどこにあろうとも、誕生時刻を決定することは、母親の子宮内の受精卵が人間になる時刻を決定するよりも、はるかに問題がすくない。このコンテストの目的にかんがみて、誕生の瞬間とは、新生児の眼球かまぶたが外界の光を浴びたとき、最初にそれが証人たちに目撃されたときをいうことになった。だから、その瞬間の赤ん坊、この場合われわれの赤ん坊は、まだ部分的に母親の胎内にいるわけだ。もちろん、もしそれが逆子出産であるならば、赤ん坊の目は全身のほぼ最後に出現することになる。そしてここからが、われわれの優勝したコンテストのいちばんばかばかしい一面だ——もしそれが逆子出産か、それともダウン症候群、脊椎被裂《せきついひれつ》、クラック中毒患者から生まれた心身障害児、エイズ患者の子、などなどであった場合、審査員たちは、その子がいわゆる標準からはずれているという理由よりも、誕生時刻に関するなんらかの専門的理由をでっちあげ、受賞資格に合致しない、と主張したことだろう。なんといっても、この上なく健康で幸福であるだろうつぎの千年紀を象徴する赤ん坊なのだから。審査員たちがただひとつ保証したのは、両親の属する民族や宗教や国籍が審査の公正さにはまったく影響しない、ということだった。たしかにわたしはアメリカ生まれの黒人だし、妻はいちおう白人と分類されてはいるが、キューバ生まれだ。しかし、わたしがコロンビア大学の社会学部長であることや、わたしの妻がニューヨーク病院の物理療法士であることが、受賞の妨げにならなかったのはたしかだ。ブルックリンのごみ入れのなかで発見された男の新生児を含め、ほかの何人かの候補者をさしおいて、わたしたちの赤ん坊が受賞した理由はわかっている。わたしたちが中流階級であるからだ。

わたしたち夫婦のもらった賞品は、フォードのステーション・ワゴンと、ディズニー・ワールドの生涯無料パス三枚と、六フィートのスクリーンと、ビデオカセット・レコーダーと、あらゆる種類のレコードやテープを再生できるサウンド・システムつきの家庭用電子ゲームのコンソールと、家庭用の体育器具一式、その他いろいろ。生まれたばかりの娘がもらったのは、成人したあかつきには額面五万ドルになる国債と、幌つきベッドと、ベビーカーと、貸しおむつ無料優待券、その他いろいろ。ところが、わたしたちの娘は、まだ生後六週間にもならないうちに死んでしまった。娘をこの世界に迎えるのに手を貸してくれた医師は、そのときバミューダ島にいたため、娘が死亡したことさえ知らずにいた。

ニューヨーク市以外の土地では、わたしたちの娘の死は、誕生のときがそうであったように、べつにビッグ・ニュースではなかった。いや、ニューヨーク市でさえ、べつにビッグ・ニュースではなかった。愚かなコンテスト主催者たちと、賞品を寄付した企業家たち以外は、赤ん坊の誕生に関するこの大騒ぎをだれも真剣に受けとっておらず、あまたのすばらしいこと、美と幸福のなかですべての民族が混じりあうことや、かつてニューヨークを世界一の国家の世界一の大都市に築きあげた精神が復活することや、ただの単純な平和や、その他、こちらもよく知らない多くの事柄を代表しているとは知らなかった。いま考えてみると、死んだ娘は、戦争記念館に名を連ねた無名戦士であり、狂気の一歩手前まで褒めたたえられた肉と骨と毛髪の小さな塊にすぎなかったのだ。そういえば、あの子の葬儀にはほとんどだれも顔を見せなかった。コンテストを企画したテレビ局が下級管理職をひとりよこしただけで、芸能人もこなければ、カメラマンもこなかった。つぎの千年紀の埋葬を見たがる者がいるだろうか？　もしテレビがなにかを見ることを拒めば、それはなにも起こらなかったのとおなじ。テレビはいかなるものをも消去できる。まるまるひとつの大陸をさえ。たとえば、いまや巨大な砂漠となったアフリカでは、何百万、何千万の赤ん坊が生まれてきては、真新しい千年紀の歴史を目の前にしながら飢えて死んでいく。わたしたちの幼い娘を殺したのは、ゆりかごの死症候群であるそうな。この遺伝的疾患は、これからも、おそらく永久に、羊水穿刺法では探知できないだろう。あの娘はわれわれ夫婦の最初の子供だったのだ。ああ、なんということだろう。

THE WAR WAS OVER,
AND THERE I WAS,
CROSSING
TIMES SQUARE
WITH A PURPLE
HEART ON.

戦争は終わり
このわたしは
タイムズ・スクエアを
横切っていた
名誉負傷章を胸に

略奪品

Spoils

もし最後の審判の日に、天国と地獄、このふたつのうちでおまえの永遠の住処《すか》はどちらであるべきか、と神さまからたずねられたら、たぶんポールはこう答えるだろう。これまでにわたしがやったかずかずのあさましい行為を思いだすと、自分の規準と宇宙の規準に照らしても、地獄行きの運命でしょう——。そして全能の神は、すべての英知で見てとられるかもしれない。ポールの全人生が無害なものであったこと、ポールの敏感な良心が——これまでの行為をふりかえって——すでに彼をひどく苦しめていることを。

ズデーテン地方の戦闘で捕虜となってからのポールの派手な冒険は、過去のぬかるみのなかへ沈んでいくにつれて、気になる記憶のいろいろが薄れていったが、あるわびしいイメージだけは本人の意識から消え去らなかった。やがてある晩、妻のスーがディナーの席上で口にした軽い冗談が、忘れたいと願っていた記憶をよみがえらせる結果になった。その日の午後を隣家のウォード夫人のところで過ごしたスーは、ウォード夫人からみごとな銀製食器二十四人分のセットを見せられ、そこで驚くべきことを知らされたのだ。ウォード氏はヨーロッパの戦場でそのセットをかっぱらい、故郷へ持ち帰ったという。

「ハニー」とスーは夫をからかった。「小さくていいから、あなたもあのおみやげよりもすこしはましなものを持って帰れなかったの？」

ポールの略奪品は、ドイツ人たちがその損失を嘆き悲しんだとは思えない、錆びてひん曲がったドイツ空軍《ルフトヴァッフェ》のサーベルだけなのだ。ロシア軍の占領地帯にいたポールの仲間は、戦後の混乱期、何週間もの比類なき《パル・エクサランス》無政府状態をさいわい、スペインのガリオン船なみに宝物を山とかかえて帰国したというのに、ポールはその貧弱な記念品だけで満足していた。好きなものを取りほうだいの時期が何週間もあったというのに、むこうみずな征服者としての最初の数時間が、そのまま最後となったのだ。ポールの意欲と憎悪の念を挫《くじ》いたもの、彼を虐《しいた》げるイメージがその形をとりはじめたのは、一九四五年の五月八日、春の山中での上天気な朝のことだった。

ズデーテン地方のヘレンドルフにいたポールと捕虜仲間は、監視兵たちの不在という事態にしばらく慣れる必要があった。賢明にも監視兵たちは、前夜のうちに森や丘の頂へと逃げだしたのだ。ポールともうふたりのアメリカ兵捕虜は、戦争に面食らった人口五百の静かな農村、ペータースヴァルトに向かって、避難民であふれかえる道路をさまようことになった。人波は泣きさけぶ川の流れとなって、両方向へ動いていたが、その声はひとしくおなじ嘆きを訴えていた――「ロシア軍がくる！」三人の捕虜はその流れに加わって、うんざりするほど長い四キロの道のりを歩いたのち、ペータースヴァルトを横切る川岸に腰をおろし、思案にふけった。どうすればアメリカ軍のいる前線までたどりつけるのか、だれかのいったように、ロシア軍は行く手をさえぎる人間をかたっぱしから殺しているのか。三人の近くでは、納屋のかげにある小屋の暗がりで、一ぴきの白いウサギがうずくまり、ふだんとちがう外の騒ぎに聞き耳をたてていた。

三人の捕虜は、その村に押しよせた恐怖と無縁で、なんの哀れみも感じなかった。「あの傲慢なまぬけどもがこうなる運命だったのは、神さまもご存じだ」とポールはいい、ほかのふたりも陰気な笑みをうかべてうなずいた。「ドイツ人どもがロシア人にやったことを考えたら、ロシア人がこれからなにをやろうと、それを責められるか」とポールはいい、こんどもふたりの仲間はうなずいた。そのあと三人は黙りこんですわり、村の母親たちが子供たちを連れて必死で地下室へ隠れるのを見物した。そのほかの村人たちは丘を駆けのぼって森に隠れたり、わが家を見捨て、数少ない貴重品だけを持って道路の先へ逃げようとしていた。

目をかっと見ひらいて大股で歩いていたイギリス陸軍の上等兵が、道路からどなった。「おーい、先へ進んだほうがいいぞ。やつらはいまヘレンドルフだ！」

西のほうで砂煙がたち、トラック隊の轟音が聞こえ、おびえた避難民の逃げまどう姿が見え、やがてロシア兵たちが村へはいってきて、動転した村人たちにタバコを投げ与えたり、思いきって姿を見せた人たちに、べったりと熱烈なキスを与えたりしはじめた。ポールはそのトラックの周囲を踊りまわりながら、笑い、さけび、赤い星のついたトラックから流れる騒々しいアコーディオンのメロディに負けまいと、「アメリカ兵だ！　アメリカ兵だ！」とさけび、その声を聞きつけた解放者たちが投げるパンや肉の切れはしを受けとめた。ポールとふたりの仲間は、この幸福に上気しながら、食べ物を腕いっぱいにかかえて小川の岸辺へもどり、さっそくぱくつきはじめた。

だが、三人の食事中に、べつの連中――チェコ人、ポーランド人、ユーゴスラビア人、ロシア人など、それまでドイツ人の奴隷にされていた、怒りに燃える恐ろしい群集――がやってきて、ロシア軍通過のあとは、面白半分の破壊や略奪や放火をはじめた。彼らは計画的に、ちがった目的を持つ三人組と四人組の集団に分かれ、家から家をめぐり歩き、扉をこわし、住人たちを脅かし、てんでに好きなものを奪っていったのだ。略奪をまぬがれるのはとうてい不可能だった。ペータースヴァルトの村はせまい峡谷のなかに位置していて、ただ一本の道路の両側は、家一軒分の奥行きしかないからだ。ポールは思った。月夜が訪れないうちに、何千人もの人間が、この村のあらゆる家の地下室から屋根裏部屋までを探りつくすにちがいない。

ポールとふたりの仲間は、略奪者たちの熱心な作業ぶりを見物しながら、そのグループのどれかが通りかかるたびに冴えない笑みで迎えた。興奮したスコットランド兵二人組は、すでにそのグループのひとつと仲よくなり、愉快な略奪に加わっていたが、足をとめて三人のアメリカ兵と言葉を交わした。このふたりはりっぱな自転車を一台ずつと、指輪や腕時計、双眼鏡、カメラ、その他いろいろのすばらしい装身具をぶんどっていた。

「結局」とそのひとりが説明した。「こんな日にじっとしてる手はないもんな。こんなチャンスはめったにない。いいか、きみたちは勝利者だ。自分の好きなものをかっさらう権利があるんだぞ」

三人のアメリカ兵は、ポールの主唱でその問題を議論し、敵の民家を略奪することは完全に正当だと、おたがいをなっとくさせた。そこで三人は、もよりの民家へ向かった。そこは三人がペータースヴァルトに到着する前からの空き家で、すでにあさりつくされていた。窓には一枚のガラスも残っていない。どの引き出しもひきぬかれ、その中身が床にぶちまけられ、クローゼットからはあらゆる衣服がひっぱりだされ、食器棚はがらんどう、枕やマットレスは捜索者たちの手で腹を裂かれている。略奪者たちそれぞれが、先客たちの見捨てた山々を、ポールとふたりの仲間よりも前にあさった結果、まだ残されているのはぼろぼろの衣類と、いくつかの壺だけだった。

三人が乏しい収穫をすませたときにはすでに日暮れが近づき、興味をひかれるものはなにもない。ポールにいわせると、おそらく最初からこの家にはめぼしい品物がなかったし、だれが住んでいたにしてもきっと貧乏だったにちがいない。家具調度はお粗末、壁は剝がれかけ、家の外壁も修理と塗り替えが必要だ。しかし、ちっぽけな二階まで階段を昇ってみたポールは、ほかのみすぼらしいたたずまいにそぐわない、驚くべきひと部屋を発見した。そこは華やかな色彩に飾られた寝室で、美しく彫刻された家具がおかれ、キャンディーストライプに飾られた壁にはおとぎの国の絵が何枚もかかり、木造部分は塗り替えられたばかり。床の中央には、見捨てられた略奪品、おもちゃの山が淋しく積み重なっている。この家のなかで唯一の無傷な品物は、ベッドの頭側に近い壁に立てかけられていた。「驚いたな、見ろよ、子供用の松葉杖だ」

お値打ちの品をなにひとつ発見できなかったアメリカ兵たちは、もう宝探しには時間が遅すぎるから、夕食の準備をはじめようと意見が一致した。ロシア兵からもらった食べ物がけっこうたくさんあるが、きょうという日の夕食にはなにか特別なものが似合うのではないか。チキン、牛乳、卵、それにもしかするとウサギの肉。そのてのごちそうを探すため、三人は分散して近くの納屋や畑を当たってみることにした。

ポールは、略奪に失敗した家の裏手にある小さい納屋のなかをのぞいてみた。どんな食料や家畜がそこに残っていたとしても、もう何時間も前に東へ運ばれたことだろう。入口に近い土間にジャガイモがいくつか転がっていて、それを拾ったものの、ほかにはなにも見つからなかった。ジャガイモをポケットに詰めこみ、先へ進もうとしたとき、納屋の隅からカサカサと小さな音が聞こえた。その小さな音はまたくりかえされた。ようやく暗闇に目が慣れ、そこにウサギ小屋があるのがわかった。小屋のなかにはよく太った白ウサギがすわり、ピンクの鼻を光らせ、せわしなく呼吸している。これこそ思いがけない幸運、宴会のメイン料理だ。ポールはその小屋の扉をひらき、両耳をつかんで、なんの抗議もしないウサギをひっぱりだした。これまで自分の手でウサギを殺した経験がないため、どうすればいいのかさっぱり自信がない。結局、厚板の台の上へウサギの頭をのせ、斧の背で打ち砕いた。ウサギは二、三秒ほど弱々しく足をもがかせてから息絶えた。

この成功に気をよくしたポールは、ウサギの皮剝ぎと臓《わた》抜きをはじめ、これから訪れるにちがいない幸運な日々のお守りとして、足を一本切りとった。それがすむと、納屋の戸口に立ち、平和と、日暮れと、最後の抵抗拠点から足をひきずりひきずり故郷へ向かう、おどおどしたドイツ軍兵士の流れをながめた。その流れのなかには、けさ、自分たちといっしょにこの道路を避難してきたのに、ロシア軍の前進を避けてまたひきかえし、へとへとになった民間人もまじっていた。

とつぜんポールは気づいた。その陰気な行列から三人の人影が離れ、こちらへ近づいてくる。その三人は荒らしつくされた家の前に立った。悔恨と悲しみの波がポールの胸に打ちよせた――「ここはあの三人の住居と納屋だったにちがいない」とポールは思った。「あの年とった夫婦と、足のわるい少年の家だったんだ」女は涙を流し、男は激しく首を横にふっている。少年はふたりの注意をひこうと納屋に向かって身ぶりし、なにかしゃべっている。ポールはむこうから見えないように影のなかに立ち、三人が家のなかへはいったすきに、ウサギをかかえてそこから駆け去った。

ポールはその寄贈品を、ほかのみんなが炉床に選んだ場所まで運んだ。小山の上からはポプラの防風林をすかして、さっきあとにした家と納屋が見える。ウサギは、ほかの戦利品といっしょに、地べたに敷いた布地の上におかれた。

食事の準備に大わらわなほかのふたりをよそに、ポールは納屋を見まもった。さっきの少年が家から出てきて、松葉杖に可能なかぎりのスピードで納屋に向かっている。身を切られるような長い時間ののちに、少年は納屋のなかへ姿を消した。ポールは少年のかすかな悲鳴を聞き、そして少年が柔らかな白い毛皮を手にかかえて戸口に現われるのを見てとった。その毛皮で頬をさすると、少年は敷居の上にすわりこみ、毛皮のなかに顔を埋め、悲痛なすすり泣きをはじめた。

ポールは目をそらし、二度とそちらを見ようとしなかった。ほかのふたりは少年を見ていなかったし、ポールもふたりにそのことを話さなかった。三人が夕食を前にして腰をおろしたとき、ひとりが感謝の祈りを唱えはじめた。「われらが父なる神よ、この食べ物をわたしたちに与えてくださったことに感謝いたします……」

アメリカ軍のいる前線をめざして、村から村へと移動をつづけながら、ポールの仲間ふたりはドイツ人の宝物をかなり大量に集めた。どういうわけか、ポールが故郷へ持ち帰ったのは、錆びてひどく折れ曲がった、ドイツ空軍のサーベルだけだった。

1/100
"TRUST ME."

わたしを信じて

サミー、おまえとおれだけだ

Just You and Me, Sammy

1

これは兵士の物語だが、厳密には戦争の物語といえない。この事件が起こったとき、戦争はすでに終わっていたから、たぶん殺人の物語ということになる。謎はなし。ただの殺人だけ。

わたしの名前はサム・クラインハンス。これはドイツ系の名前で、残念ながらわたしの父は、戦前の短期間、ニュージャージー州に設立された親独協会《ブント》（一九三六年に在米ドイツ人が組織した親ナチ団体）に関係したことがある。その会の正体に気づいたとき、父はさっさと退会した。だが、近所に住むおおぜいの人は、協会に大きく肩入れしていた。いまでもおぼえているが、おなじ通りに住んでいた二つの家族が、父祖の地でヒトラーがやろうとしていることに熱狂するあまり、手持ちの財産をすべて売りはらい、永住のためにドイツへ帰国したほどだ。

その二つの家族の息子たちはわたしとおなじ年ごろだったので、やがて合衆国が参戦し、ライフル銃兵として海の彼方の戦場へ向かったわたしは、もしかして昔の遊び友だちを撃ち殺す羽目になるのでは、と心配したほどだ。しかし、そうはならなかったと思う。あとでわかったのだが、ドイツ国籍を取得した親独協会員の息子たちは、大半がライフル銃兵としてロシア戦線へ送られたらしい。なかには情報機関でささやかな仕事につき、素性を隠してアメリカ兵のなかへまぎれこもうとしたものもいたが、その数はあまり多くない。ドイツ人は彼らをぜんぜん信用しなかったのだ——以前の隣人のひとりが、ケア物資（ケアは、一九四五年に設立されたアメリカ対外援助物資発送協会の略称）の小包を送ってほしい、とうちの父親によこした手紙には、とにかくそう書いてあった。その隣人は、いまからアメリカへもどれるならどんなことでもする、と書いていたし、おそらくみんながおなじ気持ちだったろうと思う。

彼らと仲よくつきあっていたことと、親独協会のインチキ行為とのせいで、わたしはアメリカがついに参戦したときも、自分の祖先がドイツ人なのをかなり気にしていた。みんなの目には、忠誠心とか、主義のために戦うとか、そんなことをぺらぺらしゃべるわたしが、かなりの世間知らずに見えたにちがいない。いっしょに陸軍に入隊した仲間にそうした信条がなかったという意味ではない——ただ、そんなことを口にするのが時流に合わなかっただけの話だ。すくなくとも第二次世界大戦の当時には。

いまふりかえってみても、自分がうぶだったのがわかる。たとえば、五月八日、つまり、ドイツとの戦争が終わった日の朝、わたしがなにをいったかというと——「すばらしいじゃないか！」

「なにがすばらしい？」とジョージ・フィッシャー一等兵が、さも深遠な言葉を口にしたように片眉を上げた。鉄条網の針金で背中をかきかき、ほかのことを考えていたらしい。おそらく食べ物やタバコのこと、それにひょっとすると女のことを。

　これ以上ジョージと話をしているところを見られるのは、あまり利口じゃない。ジョージはこの収容所にひとりの友だちもなく、彼と仲よくなろうとしたものは、いずれ彼とおなじ孤独な立場におかれる。その日は、われわれみんながぞろぞろと歩きまわっており、ジョージとわたしは偶然に――そのときはそう思ったのだが――門のそばでばったり出会ったのだ。

　この捕虜収容所では、ドイツの監視兵たちがアメリカ兵のリーダーにジョージを選んだ。その理由はドイツ語をしゃべれるからだ、という説明があった。いずれにせよ、ジョージはその地位を存分に利用していた。彼はほかのみんなよりもずっと肉づきがよかった――だから、おそらく女のことも頭にあったのだろう。捕虜になってひと月もすると、もうほかのだれも女の話題を口にしなくなった。ジョージを除くほかの全員が、八カ月間ジャガイモだけで命をつないでいた結果、いまもいったように、女の話題は、ランを育てたり、ツィターを弾いたりする話題とおっつかっつの人気しかなかったのだ。

　当時のわたしの気分なら、かりにベティ・グレーブルが目の前に現われて、わたしのすべてはあなたのものよ、といってくれても、たぶんこう答えたことだろう。じゃ、ピーナツ・バターとゼリーのサンドイッチをこしらえてくれ、と。ただ、その日にジョージとわたしの前に現われたのはベティ・グレーブルではなかった——ロシア軍だった。われわれふたりは、収容所の門の前で路肩に立ち、谷間からいまわれわれのいる場所へ登ってくる戦車の轟音に耳をかたむけていたのだ。

ここ一週間、収容所の窓ガラスをガタガタ揺らしつづけていた北方からの砲声はすでに鎮まり、収容所の監視兵たちは夜のうちに姿を消していた。それまでこの街道を往き来していたのは、農民たちの数少ない荷馬車だけだった。いまこの街道は、ひしめきあい、わめきあう人波で埋めつくされている——ロシア軍に捕まらないうちにプラハへの山越えをすませようと、押しあいへしあい、よろめいては悪態をついている人びとの群れだ。

このての恐怖は、怖がる理由のない人びとにも伝染しやすい。ロシア軍から逃げようとしている人びとは、ドイツ人ばかりではなかった。たとえば、ジョージとわたしが目撃したイギリス軍の陸軍上等兵などは、まるで悪魔に追いかけられてでもいるように、プラハへの道を急いでいた。

「さっさと移動したほうがいいぞ、ヤンキーども！」と、その上等兵は息をはずませていった。「ロシア軍が二マイル先まできてる。やつらとかかわりあいにはなりたくないだろうが、ええ？」

半飢餓状態のいいところは、どうやらこの上等兵はそんな状態でないらしいが、半飢餓状態であること以外の心配にまで手がまわらないことだ。「そりゃちがうよ」とわたしはどなりかえした。「こっちはあの連中の味方だぜ。おれの知ってるところじゃ」

「やつらはおまえたちがどっちの側だなんて気にしないぞ、ヤンキー。目にはいるものを、かたっぱしから面白半分に狙い撃ちするんだ」その上等兵は道路のカーブを曲がりきって、姿を消した。

わたしは笑いだしたが、ジョージをふりかえると、そこに驚きが待っていた。むこうはずんぐりした指でもじゃもじゃの赤毛をかきむしり、血の気の失せた丸顔をやがてロシア軍が現われるだろう方角に向けているのだ。これまでだれも見たことのない表情——ジョージがおびえている。

それまでのジョージは、われわれに対するときも、ドイツ兵に対するときも、あらゆる状況をきっちり抑えていた。面《つら》の皮が厚く、はったりとおべっかでどんな状況でも切りぬける男だった。

ジョージの奮戦の物語には、あのアルヴィン・ヨーク（『ヨーク軍曹』の題名で映画にもなった第一次大戦の英雄）でさえ、きっと感嘆したことだろう。われわれは全員おなじ師団の所属だったが、ジョージだけはべつ。彼はひとりで捕虜になったのだが、本人にいわせると、ノルマンディ上陸の日からずっと第一線で戦ってきたらしい。ほかのわれわれは、前線に出てから一週間たらずで、突破作戦中に捕虜になった青二才の集まりだ。ジョージは本物の戦士で、みんなの尊敬をかちとる権利があった。彼は尊敬をかちとった。しぶしぶとだが、かちとった——ジェリーが殺されるまでは。

「おい、きさま、もう一度おれのことを密　告《ストゥール・ピジョン》者だとぬかしてみろ、その見てくれのわるい面《つら》をたたきつぶしてやる」と、ジョージがある男のひそひそ話を立ち聞きして、その男にいうのを聞いたことがある。「チャンスがあれば、きさまだっておなじことをやるくせによ。おれは監視兵をカモってただけだ。むこうはおれを味方と思いこんで、いい扱いをしてくれたんだ。それでべつにきさまが損するわけじゃないだろうが。よけいな口出しをするな！」

それがあの脱走の二、三日あと、ジェリー・サリヴァンが殺されたあとのことだった。だれかが監視兵に脱走計画を告げ口したらしい。すくなくともそう思える。監視兵たちがフェンスの外、トンネルの出口で待ち伏せしているところへ、ジェリーが先頭切って這いだしてきた。ジェリーを射殺する必要はないのに、むこうはそうした。ジョージが監視兵に密告しなかったということもありうる——だが、声の聞こえる範囲にジョージがいないときは、だれも彼に有利な解釈をしなかった。

面と向かっては、だれもジョージになにもいわなかった。そう、ほかのみんながまぬけな案山子《かかし》に変身していくのと逆に、ジョージは健康な大男であるばかりか、どんどん体つきがたくましくなり、短気になっていったからだ。

だが、ロシア軍がやってくると聞いて、ジョージの神経はへこたれたらしい。「プラハへ逃げようや、サミー。おまえとおれだけなら身軽に動ける」と彼はいった。

「いったいどうした？」とわたしはたずねた。「おれたちはだれからも逃げなくていいんだぜ、ジョージ。たったいま戦争に勝ったのに、あんたはまるで戦争に負けたような口ぶりだな。いいか、プラハは六十マイルも先。ロシア軍はあと一時間かそこらでやってくる。おそらくやつらは、おれたちがアメリカ軍の前線まで帰れるように、トラックをよこしてくれる。おちつけよ、ジョージ——銃声が聞こえたりしたか、ええ？」

「やつらはおれたちを撃つぞ、サミー、まちがいない。おまえはアメリカ兵に見えないもんな。やつらは荒っぽいぞ、サミー。こいよ、チャンスのあるうちに逃げよう」

わたしの服装について、ジョージはいい点をついていた。ぼろぼろで、しみと継ぎ当てだらけ。アメリカ兵というより、どや街の住人に見える。だが、ご推察どおり、ジョージの服装はいまもりゅうとしていた。監視兵も、ジョージにだけは、食べ物のほかにタバコも不自由させてないので、彼は収容所でなにかほしいものがあれば、たいていの場合タバコと交換できた。ジョージはその方法で何着かの着替えを手に入れ、おまけに監視兵から宿舎のアイロンを借りて、この収容所ピカイチのファッション・モデルになっていた。

だが、いま、そのゲームは終わったのだ。もうだれもジョージと物々交換をする必要はないし、あれほど彼を大切に扱っていた監視兵たちの姿もない。もしかすると、ジョージが怖じ気づいたのは、ロシア軍よりもそのためかもしれない。「なあ、いこうや、サミー」と彼はいった。なんとこのわたしに哀願するとは。八カ月間、身近に暮らしていても、親しげな言葉ひとつかけたことのない相手に向かって。

「いきたきゃ、勝手にいけよ」とわたしはいった。「べつにおれの許可を得る必要はないぜ、ジョージ。どうぞお先に。おれはほかのみんなといっしょにここで待つ」

ジョージはゆずらなかった。「サミー、おまえとおれだけだ。ふたりでいっしょに行動しようや」にやりと笑い、わたしの肩に腕をかけた。

わたしは身をよじって逃れ、収容所の中庭を横切りはじめた。われわれふたりに共通するのは、赤毛という点だけだ。どうも気になる。とつぜん親友づらをはじめた相手の狙いが、さっぱりわからない。ジョージはいつもなにかたくらんでいるたぐいの男なのだ。

彼はあとを追うように中庭を横切ってきて、またわたしの肩に太い腕をかけた。「わかったよ、サミー、ふたりでじっとここで待つとしよう」

「あんたがなにをしようと、こっちの知ったこっちゃないよ」

「わかった、わかった」彼は笑いだした。「実はこういうつもりだったんだ。まだ一時間かそこらの待ち時間はあるから、どうだ、おまえとおれとでこの道路のちょいと先までいって、タバコやみやげ物を手に入れるってのは。ふたりともドイツ語がしゃべれるから、その気になりゃ大儲けできるぜ、おまえとおれで」

わたしがタバコに飢えているのを、ジョージは知っていた。つい二カ月前にも、タバコ二本と手袋を交換したばかりだ——あのころはまだけっこう寒かったのに——しかも、あれ以来一本のタバコも吸ってない。ジョージの言葉で、最初の一服がどんな気分だったかを思いだした。坂を上がって二マイル先、ここからいちばん近いペータースヴァルトの町には、タバコがふんだんにあるはずだ。

「どう思う、サミー?」

わたしは肩をすくめた。「しょうがない——いこう」

「えらいぞ」

「おまえたち、どこへいく?」収容所の中庭にいたひとりがそうさけんだ。

「ちょいと近くまでようすを見にいく」とジョージが答えた。

「一時間でもどるよ」とわたしはつけたした。

「仲間がほしいか?」とその男がどなった。

ジョージはそのまま歩きつづけ、返事をしなかった。「おおぜいはだめだ、万事がおじゃんになる」彼はウィンクをよこした。「ふたりが一番だ」

わたしは彼を見つめた。むこうは微笑をうかべているが、ひどく怖じ気づいているのはひと目でわかる。

「なにを怖がってるんだ、ジョージ?」

「この古狸《ふるだぬき》のジョージィが怖がるだと? おいおい、まさか」

わたしたちふたりは騒々しい群集の仲間入りをして、ペータースヴァルトへのゆるやかな坂を登りはじめた。

2

ときどき、ペータースヴァルトでの出来事を思いだして、自分の行動を弁解したくなることがある――あのときは酔っていたとか、長期間の監禁状態と空腹のせいで頭がおかしかった、とか。だが、実をいうと、強制されてそうしたわけではない。べつに追いつめられてもいなかった。そうしたかったから、そうしたまでだ。

ペータースヴァルトはあてはずれだった。すくなくとも商店の一軒や二軒、わずかなタバコや食べ物をせびるか盗むかできる店があるだろう、と期待していたのに。なんと、その町にあるのは二ダースほどの農園だけで、どの農園も塀と高さ十フィートの門に囲まれていた。しかも、それが野原を見おろす緑の丘のてっぺんで、堅固な要塞を形づくっているのだ。だが、戦車や大砲がやってくるとなると、そのペータースヴァルトもイチコロでしかない。また、その町を守るために、だれかがロシア兵と一戦まじえそうにも見えない。

ここかしこに白旗が――ほうきの柄に結わえつけたベッド・シーツが――ひるがえっている。どの門の扉も開けっぱなし――無条件降伏だ。

「こりゃおあつらえ向きだな」とジョージはいった。彼はわたしの腕をつかむと、群集の外までひっぱりだし、とっかかりの農家の踏み固められた中庭にはいった。

中庭の三方は、住居と納屋でふさがれていて、第四の方角に塀と門がある。そのひらいた扉ごしにがらんどうの納屋をながめ、静まりかえった住家のなかを窓からのぞいたとき、はじめてわたしは自分の正体に気づいた――不安なよそもの。それまでのわたしは、自分が特別なケースで、このヨーロッパの戦乱とはどこか無縁な、なにを恐れる必要もないアメリカ人であるかのように行動していた。だが、このゴーストタウンへはいって、がらりと気分が変わった——

それとも、もしかしてジョージが怖くなったのか。いまになってそれをいうのは後知恵だろう——たしかなことはわからない。もしかして、心の奥で疑問を感じはじめたのか。わたしがなにかいうたびに、ジョージの目はばかに興味深そうにまんまるくなるし、わたしから手を離せないらしく、なでたり、さすったり、たたいたりする。そして、つぎになにをしたいかを話すときの決まり文句は、「サミー、おまえとおれだけだ……」

「おーい！」とジョージがさけんだ。まわりの壁からさっそくこだまが返り、また静寂がもどった。まだわたしの片腕をつかんだ手に、彼はぐいと力をこめた。「ここは居心地よさそうじゃないか、サミー。ふたりきりで暮らせそうだぜ」彼は大きな門を手で押して閉め、太い木製のかんぬきをさしこんだ。わたしの力では動きそうもないような扉だったが、ジョージは表情も変えずにそれを動かした。わたしのそばへもどると、両手のほこりをはたいてにやりと笑った。

「なにをするつもりなんだ、ジョージ？」

「勝利者には略奪品——そうだろうが？」彼は玄関のドアを足でけりあけた。「とにかく、なかへはいれよ、坊や。お好きなものをどうぞ。このジョージが万事をちゃんと仕切ったから、好きなものをいただくまでは、だれのじゃまもはいらない。なあ、おふくろさんかガールフレンドのために、すてきなおみやげを見つけろよ」

「ほしいのはタバコだけさ」とわたしはいった。「あのくそ扉は開けっぱなしでも、おれはかまわないぜ」

ジョージは野戦服のポケットからタバコのパックをとりだした。「どうだ、気のきく仲間だろうが」そういって笑いだした。「一本吸えよ」

「はるばるペータースヴァルトまで歩かせて、タバコ一本とはどういうわけだ？　そこにひとパック持ってるくせに？」

ジョージは家のなかへはいりこんだ。「おまえといるのが好きなんだよ、サミー。マジで褒められたと思ってくれ。赤毛同士は仲よくしないとな」

「ここから出ようや、ジョージ」

「門は閉まってる。こわがることはないぞ、サミー。おまえのいうとおりだ。明るくいこうぜ。キッチンへいって、なにか食べ物をとってこい。おまえのお目当てはそれだけだろうが。こんなチャンスを見逃したら、一生悔やむぞ」ジョージはこちらに背を向けると、つぎつぎに引き出しを開いては中身をテーブルの上にぶちまけ、物色をはじめた。彼が口笛で吹いているのは、一九三〇年代の終わりごろに廃《すた》れた古いダンス曲だ。

部屋の中央に立ったわたしは、ひさしぶりにタバコの煙を深く吸いこんだせいか、夢うつつのふらふらした気分になってきた。目をつむってもう一度ひらくと、ジョージのことは気にならなくなった。心配ご無用——さっきから強まる一方だった悪夢のような気分は消えた。わたしはリラックスした。

「だれが住んでたにしても、あわてて出発したらしい」まだこっちに背を向けたま、ジョージがいった。小瓶を上にさしあげて、「心臓病の薬も忘れてる。うちのおふくろが心臓病でさ、こいつをいつも手もとにおいてたっけ」彼はその小瓶を引き出しにもどした。

「ドイツ語でも英語でもおんなじか。妙なもんだな、サミー、ストリキニーネってやつはよ——量がちょっぴりだと、これで命が助かることもある」彼はふくらみはじめたポケットへ一対のイヤリングを押しこんだ。「これを見たら、若い女どもが大喜びするぞ」

「十セント・ストアの品物が好きな女ならな」

「元気を出せって、なあ、サミー？ どういうつもりだ？ 仲間のたのしみに水をさすのか？ たのむ、キッチンへいって、腹へなにか詰めこんできな。おれもじきにいく」

勝利者として戦利品をいただくことにかけては、わたしも人後に落ちない——奥のキッチンのテーブルの上で、黒パン三切れと、くさび形のチーズ一個がわたしを待っていた。そのチーズを切るナイフがないかと戸棚の引き出しをあけたとき、ちょっとした驚きにでくわした。たしかにナイフはあったが、おまけに拳銃もあったのだ。握り拳ぐらいの大きさで、その横には装塡ずみの弾倉もある。わたしはその拳銃を手にとり、操作法を考え、弾倉が拳銃に合うかどうかと、それをはめこんでみた。なかなかいい形——すてきな記念品だ。そこで肩をすくめ、引き出しへもどそうとした。拳銃を持っているところをきょうのロシア軍に見つかったら、自殺もいいところだ。

「おい、サミー！　どこにいる？」とジョージが呼びかけた。

わたしはその拳銃をズボンのポケットに滑りこませた。「キッチンだよ、ジョージ。なにが見つかった？――王室の宝石箱か？」

「もっといいもんだ、サミー」キッチンにはいってきた彼の顔は明るいピンクで、呼吸が荒かった。さっきの部屋での戦利品で野戦服のポケットをふくらませているため、いつもより太って見える。彼はブランデーのボトルをどすんとテーブルの上においた。「どうだ、気に入ったか、サミー。いまからおまえとおれとで、ささやかな勝利の宴をひらこうじゃないか、なあ？　故郷のニュージャージーへ帰ってから、身内のみんなに話すんじゃないぞ。あのジョージのやつはなにもくれなかった、なんてな」彼はわたしの背中をどやした。「サミー、おれが見つけたとき、このボトルはいっぱいだったが、いまは半分しかない――おまえはパーティーに遅刻だぞ」

「遅刻ついでに、そのままでいるよ、ジョージ。せっかくだが、いまの体調だと、こいつを飲んでぽっくりいくかもしれん」

ジョージはわたしの向かいの椅子にすわり、間のぬけた大きな笑みをうかべた。「早くそのサンドイッチを食っちまえよ。そしたら、酒を飲む気になるさ。戦争は終わったんだぜ、坊や！　それだけでも飲む理由は十分、ちがうか？」

「たぶん、あとでな」

ジョージはそれ以上飲もうとしなかった。しばらく静かにすわったまま、なにか考えこんでいるようすだ。わたしは黙々とサンドイッチを頬ばった。

「いつもの食欲はどこへいった？」しばらくしてわたしはそうたずねた。

「べつに。前どおりさ。けさ、食ってきたからな」

「おこぼれをありがとうよ。そのブランデーはなんだ、監視兵からのお別れのプレゼントか？」

まるでわたしが彼のやってのけたうまい取引に敬意を捧げたかのように、ジョージは微笑した。「どうしたんだ、サミー？——おれを心底嫌ってる、そういうことか？」

「おれがなにをいった？」

「いわなくたってわかるさ、坊や。おまえもほかのみんなとおんなじだ」彼は椅子の背にもたれ、大きく伸びをした。「噂は聞いたぜ。アメリカへ帰国してから、おれを対独協力者として告発する、と何人かがいってるそうだな。おまえもそうする気か、サミー？」穏やかな表情で、彼はあくびをした。それから、わたしに答えるひまを与えず、先をつづけた。「あわれなジョージはこの世界にたったひとりの友だちもいない、ちがうか？ ほんとのひとりぼっちだ、ちがうか？ 察するところ、おまえたちみんなは飛行機でまっすぐアメリカへ帰れるが、陸軍ではこのジョージ・フィッシャーにちょいと話があるらしい、ちがうか、おい？」

「どうかしてるぜ、ジョージ。そんなことは忘れろよ。だれもあんたを——」

ジョージは立ちあがり、片手をテーブルにおいて、ふらつく体を支えた。「そうはいかねえよ、サミー。おれはちゃんとネタをつかんでる。対独協力者——そいつは反逆罪ってことだろうが、ええ？　やつらからすると、絞首刑にだってできる、ちがうか？」

「おちつけよ、ジョージ。だれもあんたを裁判にかけたり、絞首刑にしたりするわけがない」わたしはゆっくり立ちあがった。

「おれは答えを出したんだ、サミー。このジョージ・フィッシャーはそんな人間じゃない。だから、おれがこれからなにをすると思う？」彼はシャツの襟をいじり、自分の認識票をはずすと、床に投げつけた。「別人になりすますのさ、サミー。いうならばすごい名案だ、ちがうか？」

戦車隊の轟音で、戸棚の皿の山が低くうなりをあげはじめた。わたしはドアに向かおうとした。「ジョージ、あんたがこれからなにをしようと、おれの知ったこっちゃない。あんたを引き渡したりしない。おれの望みは、五体満足で帰国できることだけさ。おれはいまから収容所へひきかえす」

ジョージはわたしとドアのあいだに割ってはいると、片手をわたしの肩においた。それからウィンクして、にやりと笑った。「ちょいと待ちな、坊や。おまえはまだ話をぜんぶ聞いてない。相棒のジョージがこれからなにをするつもりか聞きたくないか？　おまえにとってもすごく面白い話だぜ」

「じゃ、またな、ジョージ」

彼はわたしの前からどかなかった。「すわって飲めよ、サミー。神経を落ちつかせな。

いいか、坊や、おまえとおれはどっちもこれっきり収容所へはもどらねえ。あそこの連中は、ジョージ・フィッシャーの人相特徴を知ってるし、それで万事はおじゃんだ、ちがうか？　おれは二、三日待ってから、プラハのアメリカ軍本部へ出頭するのが利口だと思う。あそこなら、だれもおれを知らない」

「おれはだまってるといったろうが、ジョージ。なにもいわない」

「すわれといったんだぞ、サミー。まあ、飲め」

わたしは頭がぼんやりし、くたびれていた。さっき胃袋に詰めこんだ堅い黒パンのせいで、気分がわるい。わたしは腰をおろした。

「それでこそわが相棒だ」と彼はいった。「ひまはとらせねえよ。サミー、おまえがおれとおんなじ物の見方をしてくれるならな。いまもいったように、おれはジョージ・フィッシャーをやめて、ほかのだれかになりすます」

「ああ、わかったよ、ジョージ」

「問題はだ、そのためには新しい名前と認識票が必要になる。おれはおまえのが気に入ってる――それとひきかえになにがほしい？」ジョージは微笑を消した。おふざけではない――取引の申し込みだ。彼はテーブルの上に身を乗りだすと、ピンクで汗まみれの太った顔をわたしの顔から数インチまで近づけ、こうささやいた。「さあ、返事はどうだ、サミー？　認識票とひきかえに、現金二百ドルとこの腕時計をやろう。ラサールの新車が一台買えるぜ、おい。この腕時計を見ろよ、サミー――ニューヨークなら千ドルの値打ちがある——一時間ごとにチャイムが鳴るし、日付も出る——」

どうもおかしい。ジョージはラサールが製造中止になったのを忘れている。彼は尻ポケットから札束をとりだした。われわれは捕虜になったときドイツ兵に所持金を没収されたが、なかには服の裏地の内側へ札を隠したやつもいる。ドイツ兵が見逃したその現金を、ジョージはタバコの闇商売で一セント残らず巻きあげたのだろう。需要と供給——タバコ一本が五ドル。

だが、腕時計のほうは驚きだった。いまのいままでジョージはそれを秘密にしていた——それにはもっともな理由がある。それは、あのジェリー・サリヴァン、収容所からの脱走を図って射殺された若い男の持ち物だった腕時計だ。

「だれがジェリーの腕時計をあんたによこしたんだ、ジョージ?」

ジョージは肩をすくめた。「こいつは一級品だぜ、ちがうか? ジェリーには、これとひきかえに、タバコを百本くれてやった。在庫ゼロさ」

「いつのことだ、ジョージ?」

もうジョージは、いつもの秘密めかした大きなにやにや笑いをよこさなかった。こすっからく、不機嫌になっていた。「どういう意味だよ、いつのことだとは? 知りたきゃ教えてやろう。やつが脱走しようとする直前さ」髪の毛をもじゃもじゃとかきながら、「わかった、さっさといえ、おれがやつを殺されるようにしむけた、とな。おまえはそう考えてるんだろう。なら、はっきりそういいやがれ」

「そんなことは考えてないぜ、ジョージ。こう思ったんだ。その取引が結べて、なんとあんたは幸運だったか、とな。ジェリーの話だと、その腕時計はやつのお祖父さんの持ち物で、なにがあってもひきかえにしない、といってた。それだけのことさ。ジェリーがそんな取引をしたとは意外だな」わたしは小声でそういった。

「だからどうしろってんだ？」ジョージは怒りもあらわにいった。「おれがあれとは無関係だったってことを、どうやって証明できる？　おまえたちがおれに罪をなすりつけるのは、おれがうまくやってるのに、おまえたちはちがうからだ。おれはジェリーと公正な取引をしたんだぜ。ちがうというやつがいたら殺してやる。ところでサミー、いまのおれは、おまえと公正な取引をしようといってるんだ。おまえはこの金と腕時計がほしいのか、ほしくないのか？」

わたしはあの脱走の夜のことを考え、ジェリーがトンネルにもぐりこむ直前にいったことを思いだした。「ああ神さま、一本でもタバコがあればな」といったことを。

戦車隊の接近は、いまや轟音に近い。収容所の前をとっくに通りすぎて、ペータースヴァルトへの最後の一マイルの坂を登っているところだ。時間稼ぎのひまはあまりない。

「わかったよ、ジョージ。こりゃいい取引だ。すてきだよ、しかし、あんたがおれになりすますあいだ、おれはどうすりゃいい？」

「ほとんどなんにもしなくていいさ、坊や。することといえば、自分がだれなのかをしばらく忘れることとぐらいだな。プラハのアメリカ軍本部に出頭して、記憶をなくしました、といえばいい。おれがアメリカへもどるまでのあいだ、連中をうまくごまかせ。ほんの十日間だよ、サミー――それだけさ。うまくいく。どっちも赤毛だし、身長も似たり寄ったりだし」

「もしむこうが、おれの本名がサム・クラインハンスなのに気づいたら？」

「そのときには、おれはもうアメリカの山奥にいる。やつらには絶対に見つからない」ジョージは焦りはじめていた。「さあ、どうだ、サミー。取引するか？」

狂気の計画で、とても成功の見こみはない。わたしはジョージの目をのぞきこみ、本人もそれを承知なのを見てとった。ひょっとして、まぐれの幸運を期待していたのか――だが、いまのジョージは気が変わったらしい。わたしはテーブルの上の腕時計に目をやり、ジェリー・サリヴァンが死体となって収容所へ運びもどされたときのことを考えた。あのとき、ジョージが死体の運搬を手伝っていたことを思いだした。

わたしはポケットに拳銃があることを考えた。「地獄へ失せろ、ジョージ」

ジョージは驚いたようすもなかった。ブランデーのボトルをわたしの前に押しやった。

「一口飲んでよく考えろよ」と抑揚のない口調でいった。「おまえが意地を張ると、おれたち両方にとって万事がややこしくなる」わたしはボトルを押しもどした。「えらく強気だな」とジョージはいった。「おれにはぜひともその認識票が必要なんだ、サミー」

わたしは身を固くしたが、なにも起きなかった。彼は思ったよりも臆病らしい。

ジョージは腕時計をさしだし、親指で竜頭《りゅうず》を押した。「聞けよ、サミー――チャイムが鳴るぞ」

　チャイムの音は聞こえなかった。とつぜん、外で大騒ぎがはじまったからだ――鼓膜が破れそうな戦車隊の大音響とバックファイア、調子はずれの幸福そうな歌声、そのすべての上で、アコーディオンが絶叫している。

「やつらがきたぞ！」とわたしはさけんだ。戦争はほんとに終わったんだ！　いままではそれが信じられた。ジョージのことも、ジェリーのことも、腕時計のことも、どこかへふっとんでしまった――頭のなかにあるのはすばらしい騒音だけだ。わたしは窓に駆けよった。排気ガスと土煙が塀の上までたちのぼり、門をたたく音がする。「やってきたぞ！」笑いながら、わたしはいった。

　ジョージはぐいとわたしを窓の前からひきよせて、壁ぎわへ押しつけた。「とうとうきたか！」その顔は恐怖でいっぱいだ。ジョージはわたしの胸に銃口を押しつけた。それからわたしの認識票のチェーンを片手でつかみ、ぐいとひきちぎった。

　なにかが裂ける鋭い音と、金属のうめきが聞こえ、門が大きくひらいた。そのむこうでは、エンジン全開の戦車が巨大なキャタピラをこわれた門にくっつけていた。ジョージがその物音に向きなおろうとしたとき、ロシア軍の兵士がふたり、戦車の砲塔の天蓋から滑りおり、軽機関銃を構えながら小走りに中庭へはいってきた。すばやく窓から窓へと目を走らせ、なにかさけんだが、わたしには意味不明だった。

「むこうがその拳銃を見たら、おれたちは殺されるぞ！」とわたしはさけんだ。

ジョージはうなずいた。茫然として、まるで夢のなかにいるようだ。「ああ」そういうと、拳銃を部屋の奥へ投げすてた。色あせた床板の上をすべった拳銃は、暗い片隅に落ちついた。「両手を上げろ、サミー」彼はそういってわたしに背を向けると、両手を頭上に上げ、廊下を近づいてくるロシア兵の荒々しい足音のほうを向いた。「サミー、さっきのおれはへべれけだったらしい。どうかしてたよ」とささやいた。

「そうとも、ジョージ――それはたしかだ」

「これを切りぬけるまで、おたがいに協力しないとな、サミー、聞いてるのか?」

「なにを切りぬける?」わたしは両手を体のわきにくっつけていた。「やあ、ロシアのだんながた、ごきげんいかが?」とどなった。

ふたりのロシア兵は荒っぽい感じのティーンエイジャーで、軽機関銃を構えたまま、キッチンのなかまですたすたはいってきた。にこりともしなかった。「手を上げろ!」と、ひとりがドイツ語でどなった。

「アメリカーナー」わたしはドイツ語で弱々しくいうと、両手を上げた。

むこうのふたりは驚いた表情になり、ひそひそ相談をはじめたが、われわれから目は離さなかった。最初はむずかしい顔つきだったが、ふたりで話しあううちにしだいに陽気な表情になり、ついにはこっちに笑顔を向けた。アメリカ兵と仲よくすることが軍の方針と一致しているかどうか、おたがいにたしかめあう必要があったのだろう。

「きょうは人民にとっての偉大な日だ」ドイツ語をしゃべれるほうの兵士が、重々しい口調でいった。

「偉大な日だ」とわたしは同意した。「ジョージ、このふたりに酒をさしあげろよ」

ふたりはうれしそうにボトルを見やり、前後に体をゆすり、うなずいてくすくす笑いをはじめた。ふたりは礼儀正しくジョージにすすめた。まずそっちが、人民のための偉大な日を祝って飲め。ジョージは神経質なにやにや笑いをうかべた。だが、ボトルの口が唇にふれる寸前、手から滑り落ちたボトルが床にぶつかり、われわれの足もとへ中身をぶちまけてしまった。

「ありゃ、申し訳ない」とジョージがいった。

わたしはボトルを拾いあげようとしたが、ロシア兵たちがそれをとめた。「ウォッカのほうがドイツの毒酒よりもいいぞ」とドイツ語を話すロシア兵がおごそかにいい、軍用ジャケットの下から大きなボトルをとりだした。「ローズヴェルト！」そういうと、彼はがぶりと一口飲み、ボトルをジョージにまわした。

そのボトルは、合計四回まわし飲みされた――ローズヴェルトと、スターリンと、チャーチルを讃え、ヒトラーが地獄の火に焼かれることを祈って。この最後の乾杯はわたしの発案だった。「とろ火の上で」とわたしはつけたした。ロシア兵たちはこの冗談をなかなか面白がってくれたが、その笑い声はすぐにやんだ。ひとりの士官が門の前に現われ、大声でふたりを呼んだからだ。ふたりは手早くわれわれに敬礼し、ウォッカのボトルをさらいとって、家から外へ駆けだしていった。

ふたりが戦車に乗りこむのを、われわれは見まもった。戦車は門の前からバックして、道路を走りはじめた。さっきのふたりが手をふっていた。

ウォッカのおかげで、わたしは頭がぼうっとし、体がほてって、すてきな気分だった――それに、あとでわかったのだが、身のほど知らずの血に飢えた気分にもなっていた。ジョージはもはやへべれけに近く、ふらついていた。

「おれは自分がなにをしてるか、よくわからなかったんだ、サミー。おれは――」ジョージの言葉はそこでとぎれた。彼はさっき投げ捨てた拳銃のあるキッチンの隅へ向かっているところだ――ふくれっつらで、千鳥足で、横目を使いながら。

わたしは彼の前に立ちふさがり、ズボンのポケットから小さい拳銃をひきぬいた。「見ろよ、ジョージ。おれがなにを見つけたかを」

ジョージは立ちどまり、拳銃を見て目をぱちくりさせた。「すてきじゃないか、サミー」片手をさしだして、「ちょいと拝見」

わたしは安全装置をはずした。「すわれよ、ジョージ、おれの旧友」

さっきわたしがすわっていたテーブルの前の椅子に、彼は腰をおろした。「よくわからんな」とつぶやいた。「まさかおまえは年上の仲間を撃ったりしないだろうな、サミー?」訴えるようにわたしを見た。「さっきのおれは、おまえにまっとうな取引を持ちかけたんだぜ、ちがうか? これまでおれはいつもそうしてきたし――」

「頭の切れるあんたのことだ、この認識票の取引の件で、おれがあんたを見逃すとは思ってないだろうな、ええ？　おれはあんたの仲間じゃない。それはご存じのはずだ。ちがうか、ジョージ？　その取引がうまくいくのは、おれが死んだ場合だけさ。あんたもそう考えてたんじゃないのか？」

「ジェリーが弾を食らってからというもの、みんながこの老いぼれジョージにつらく当たりやがる。誓ってもいいぜ、サミー、おれはあれとはなんの関係も——」だが、その言葉は最後までつづかなかった。ジョージは首を横にふって、ため息をついた。

「かわいそうな老いぼれジョージにはけっこうつらい仕事だったたろうな——チャンスがあるうちにおれを撃ち殺す度胸もなかったし」わたしはジョージが床に落としたボトルを拾いあげ、彼の前においた。「いまのあんたに必要なのは、うまい酒だ。わかるか、ジョージ？　たっぷり三杯分は残ってる。中身がぜんぶこぼれなかったのを見て、うれしくないか？」

「もう酒はいらんよ、サミー」彼は目をつむった。「その拳銃をどこかへしまってくれないか？　おまえに危害を加えるつもりなんてなかったんだから」

「一口飲め、といったろうが」だが、ジョージは動こうとしなかった。わたしは彼の正面にすわり、まだ拳銃の狙いをつけていた。「腕時計をよこせよ、ジョージ」

とつぜんジョージは目が覚めたようだった。「おまえの狙いはそれだったのか？　いいとも、サミー、ここにある。これで仲直りといこうや。酔っぱらったときのおれがやったことを、どう説明すりゃいい？　自分で自分がコントロールできなくなっちまうんだよ、坊や」彼はジェリーの腕時計をよこした。「ほらよ、サミー。老いぼれジョージがおまえに苦労をかけた分、これでもとがとれた。神さまもご存じだ」

わたしはその腕時計の針を正午に合わせ、竜頭を押した。小さいチャイムが一秒に二回、合計十二回鳴った。

「ニューヨークでなら千ドルの値打ちはあるぜ、サミー」チャイムが鳴るそばで、ジョージがかすれ声でいった。

「じゃ、そのボトルから飲みつづけてもらおうか、ジョージ」とわたしはいった。「この腕時計が十二回鳴りおわるまで」

「よくわからん。なんのことだよ?」

わたしは腕時計をテーブルの上においた。「ジョージ、あんたのいうとおり、妙なもんだよ、ストリキニーネってやつは――量がちょっぴりだと、これで命が助かることもある」わたしはもう一度時計の竜頭を押した。「ジェリー・サリヴァンのために一口飲めよ、相棒」

チャイムがまたチリンと鳴った。八……九……十……十一……十二。部屋は静まりかえった。

「わかったよ。だから、おれは飲まなかったのさ」ジョージはにやりと笑っていった。

「で、これからどうするつもりだ、ボーイスカウト?」

3

この物語をはじめるとき、わたしはこういった。たぶん殺人の物語ということになるだろう、と。いまではあまり自信がない。

あのあと、わたしは首尾よくアメリカ軍前線にたどりつき、ジョージは排水溝で拾った拳銃の暴発で事故死しました、と報告した。その旨を書いた宣誓供述書にも署名した。どうしていけない？　彼は死に、万事は片づいた、ちがうか？　このわたしがジョージを射殺したと報告したところで、だれが浮かばれる？　わたしの魂か？　もしかしてジョージの魂か？

さて、陸軍情報部はその物語にきなくさい点があるのにまもなく気づいた。フランスのル・アーブルに近いキャンプ・ラッキー・ストライクには、本国への送還船を待つおおぜいの元捕虜が収容されており、情報部がそこに作った天幕へわたしは呼びだされた。そのキャンプにたどりついたのは二週間前で、翌日午後には帰還船に乗る予定だった。

灰色の髪の少佐がいろいろとわたしに質問した。少佐は宣誓供述書を目の前におき、気のない口調で、排水溝に落ちていた拳銃のことをたずねた。つぎに、ジョージが捕虜収容所でどんな行動をしたかについて、かなり長く質問をつづけたすえ、いったいジョージはどんな外見だったかを知りたがった。そして、わたしの返事をメモに書きとめた。

「彼の名前はまちがいないか？」と少佐はたずねた。

「はい、閣下。それと認識番号も。これが彼の認識票の片方です。もう片方は死体といっしょに置いてきました。申し訳ありません。もっと早く提出するつもりでした」

少佐はその認識票をじっくり調べたすえ、宣誓供述書にそれをくっつけ、分厚いホルダーにおさめた。その外側にジョージの名前が記されているのが見えた。「この事件をどのように処理していいか、よくわからんのだよ」と少佐はホルダーのとじひもをいじりながらいった。「なかなかの曲者だな、ジョージ・フィッシャーは」少佐はタバコを一本さしだした。わたしはそれを受けとったが、すぐには火をつけなかった。

くるべきものがきた。軍は、どこをどうしてか、あの出来事の真相をさぐりだしたのだ。大声でわめきだしたくなったが、微笑を絶やさないようにした。じっと歯を食いしばったままで。

つぎの言葉を口にするまで、少佐はたっぷり時間をかけた。「この認識票は偽物だ」少佐はうすら笑いをうかべながら、ようやくいった。「合衆国陸軍には、この姓名に該当する行方不明者が存在しない」少佐は身を乗りだし、わたしのタバコに火をつけてくれた。「もしかすると、このホルダーをドイツ軍に渡して、むこうから親族へ通知させたほうがいいかもしれん」

八カ月前のあの日、ジョージ・フィッシャーが単身で捕虜収容所へ連れてこられたときが、彼との初対面だったが、考えてみると、ああいうタイプにはカンが働いていいはずだった。わたしは彼とよく似たふたりの若者といっしょに育ったからだ。ドイツ軍情報部の仕事にありついたところをみると、ジョージは優秀なナチだったのにちがいない。前にもいったように、親独協会にいた連中の大半は、そこまでうまくやれなかった。戦争が終わったとき、そのなかの何人ぐらいがアメリカへもどれたかは知らないが、わたしの相棒のジョージ・フィッシャーは、すんでのところでそれに成功しかけたのだ。

MY IDEA OF
A REAL
MAN'S MAN
IS A GUY
WHO KNOWS
GUN SAFETY.
1/13

わたしの考える
正真正銘の
男のなかの男は
銃の安全装置の扱いを
心得たやつだ

司令官のデスク

The Commandant's Desk

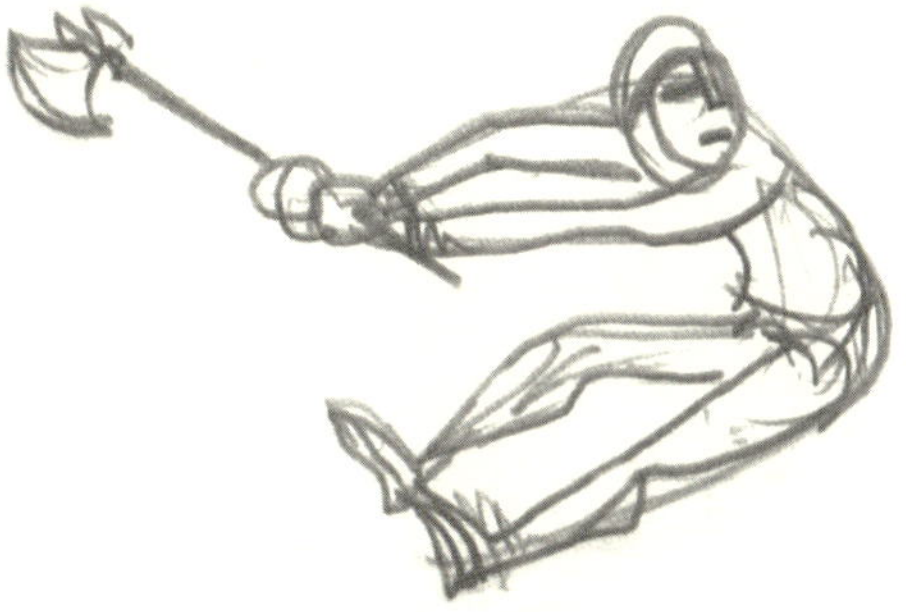

ここはチェコスロバキアのベーダの町。わたしは自分の小さな家具製作店の窓ぎわにすわっていた。いままでは未亡人になった娘のマルタが、自分の頭でこちらの視野をふさがないように気をくばりながら、カーテンを押さえている。

「むこうがこっちを向いてくれりゃ、顔が見えるのにな」わたしは苛立っていた。「マルタ、もうすこしカーテンをわきへ寄せてくれないか?」

「あれは将軍?」とマルタがたずねた。

「ベーダの町の司令官に将軍をよこすかな?」わたしは笑いだした。「伍長かもしれんよ。それにしても、なんとみんな栄養たっぷりの肉づきだ。ああ、連中がなにか食ってる――なんという食いっぷりだ!」わたしは黒猫の背をさすった。「さあ、ニャン公、アメリカ製クリームの毒味をしたけりゃ、表の通りを横切るだけでいいんだぞ」わたしは両手を頭上にさしあげた。「マルタ! どうだ、感じるか? ソ連軍はもういないよ、マルタ、もういない！」

　いまのわたしたちはアメリカ軍の指揮官の顔を見ようとしているところだ。むこうは通りの向かい側の建物へはいっていく——二、三週間前までそこにいたのは、ソ連軍の司令官だった。アメリカ兵たちは建物のなかへはいると、ゴミや家具の残骸をけとばして通路を作っている。しばらくのあいだ、窓からはなにも見えなくなった。わたしは椅子の背にもたれ、目をつむった。

「終わった。殺しあいはすべて終わりだ」とわたしはいった。「しかも、こっちはまだ生きている。こんなことがありうるか？　正気の人間がこんなことを予想したろうか？　すべてが終わったときに、まだわたしたちが生きている、と？」

「生きてることが、なんだか恥ずかしいような気がするわね」と娘がいった。

「おそらく全世界が、これからずっと先までそんな気分になるだろう。とにかく神さまに感謝しないと。ごくわずかな罪悪感だけで、この殺しあいを切りぬけられたんだから。無力なまま、敵と味方の中間にいると、得することもあるわけだ。アメリカ人が背負った罪悪感を考えてごらん——モスクワ爆撃では十万人、キエフでは五万人も死んだ——」

「ロシア人の罪悪感はどうなのよ？」娘が激しい口調でたずねた。

「ないね——ロシア人にはない。戦争に負ける喜びのひとつはそれだ。自分の罪悪感も財産もいっしょに捨てて、罪のない一般庶民の列に加われる」

　猫がわたしの木の義足に背中をすりつけ、のどをゴロゴロ鳴らした。義足をつけた人たちは、たいていその事実を隠そうとしたがる。わたしは一九一六年にオーストリア軍の歩兵として左足を失ったが、ズボンの片方の裾をもう片方の裾よりも短くし、第一次大戦後に作った自家製の美しいオークの義足を見せびらかしている。その義足には、ジョルジュ・クレマンソーと、デイヴィッド・ロイド＝ジョージと、ウッドロー・ウィルソンの似顔が彫りこんである。一九一九年、わたしがまだ二十五歳のとき、チェコ共和国がオーストリア＝ハンガリー帝国の廃墟の下から生まれるのに尽力した人たちだ。その三人の下には、もうふたつの似顔があり、どちらも花輪に囲まれている――トマーシュ・マサリクと、エドヴァルト・ベネシュ。チェコ共和国の最初の指導者たち。そこにつけ加えるべき顔はまだいくつかあるし、いま、平和がふたたび訪れたのを記念して、いずれ彫りたすことになるだろう。わたしがこの三十年間にこの義足につけたした彫刻は、粗雑で、不可解で、原始的ともいえる――それは先端の鉄輪のそばにある深い三つの刻み目で、一九四三年のある晩、ナチの占領を呪ったわたしが山腹から落下させた車中の三人のドイツ軍将校をかたどったものだ。

いま通りの向かい側にいる兵士たちは、わたしがひさびさに見るアメリカ人だった。共和国時代のわたしは、プラハで家具工場を経営し、アメリカの百貨店のバイヤーたちとよく取引をした。だが、ナチの侵略でその工場を失い、ズデーテン地方の丘陵地帯にあるこの静かな町へ引っ越した。その後まもなく、妻が亡くなった。いちばん珍しい死因、つまり、自然死で。こうしてわたしの身寄りは娘のマルタだけになってしまった。

いま、ありがたいことに、わたしはふたたびアメリカ人たちの姿を見ている――ナチのあと、第二次大戦のソ連軍のあと、チェコの共産党員のあと、ソ連軍兵士たちのあとで。この日の到来だけを信じて、わたしは生きてきた。工房の床下に隠したひと瓶のスコッチが、わたしの意志力をたえず試しつづけてきた。だが、わたしはそれを隠し場所においたままにした。いずれそのうちにアメリカ軍が到来したとき、わたしからのプレゼントにするつもりだったからだ。

「出てきたわよ」とマルタがいった。

目をひらくと、ずんぐりした赤毛のアメリカ軍少佐が、両手を腰に当て、通りの向かい側からじっとこちらを見上げていた。疲れて、放心状態のようすだ。もうひとりの若い男、がっしりした長身で、背丈をべつにすると典型的なイタリア系らしい大尉が、建物のなかからゆっくりと大股で出てきて、少佐の横に立った。

まぬけな話だが、わたしは目をぱちぱちさせて相手を見かえした。「あのふたり、ここへやってくるぞ！」興奮と無力さのまじった声で、わたしはいった。

少佐と大尉はわたしの家のなかへはいってくると、一冊の青いパンフレットをとりだした。おそらくチェコ語の会話本だろう。長身の大尉はなんとなく固くなっているようだ。赤毛の少佐は、わたしの直感からすると、かんしゃく持ちらしい。

大尉はページの余白に指を走らせ、困ったようにかぶりを振った。「〝機関銃、迫撃砲、オートバイ……戦車、止血帯、塹壕〟。書類戸棚や、デスクや、椅子は出てません」

「いったいなにを期待してる？」と少佐がいった。「兵士用パンフレットだぞ。なよなよした事務員用じゃない」少佐は渋い顔つきでパンフレットをながめてから、まったく意味不明の言葉を吐いたあと、期待をこめてわたしを見上げた。「すてきな本がいうことには、通訳をたのむにはこの方法にかぎるらしい。この爺さん、まるでアフリカのウバンギ語の詩にでくわしたような顔つきだぞ」

「みなさん、わたしは英語が話せますよ」とわたしはいった。「それに、わたしの娘のマルタも」

「なんとなんと。うまいもんじゃないか」と少佐はいった。「でかしたぞ、おやじ《パップ》」そういわれて、こちらはまるで小犬《パップ》のような気分になった。ゴムのボールを——小犬にしては上手に——くわえてもどってきたのを褒められた気分。

わたしは少佐に片手をさしだし、姓名を名乗った。少佐は傲慢にその手を見おろしただけで、両手はポケットにつっこんだままだ。わたしは顔が赤くなるのを感じた。

「ポール・ドニーニ大尉です」と、もうひとりが急いで名乗った。「それから、こちらはロースン・エヴァンズ少佐です」大尉はわたしの手を握り、「よろしく」といった——父性的な太い声だ——「ソ連軍は——」

そこで少佐が吐いた罵り言葉にわたしはあんぐり口をあけ、これまでの人生の大半で兵士たちの言葉づかいには慣れていたマルタさえもが、びっくりしたようすを見せた。

ドニーニ大尉が当惑の表情をうかべた。「ソ連軍は家具ひとつさえ残していかなかったんですよ」と彼はつづけた。「そこで、こちらのお店にあるいくつかの家具を貸していただけないかと思って」

「こちらもそれを提供するつもりでした」とわたしはいった。「ソ連軍があらゆるものを破壊していったのは悲劇です。ベーダでいちばん美しい家具類を押収しておきながらね」わたしは微笑し、首を横にふった。「あああ、あの資本主義の敵どもときたら――自分たちの司令部をまるでベルサイユ宮殿の小型版のように飾りたてたくせに」

「その破壊のあとは見ましたよ」と大尉がいった。

「しかも、彼らが宝物をわがものとしておけなくなったとき、それはほかのだれの手にもはいらなくなりました」わたしは斧を振りおろすしぐさをした。「われわれみんなにとって、この世界は前よりも艶《つや》のないものになったんです――前よりも宝物が減ったぶんだけ。たしかに、ブルジョアの宝物だったかもしれません。しかし、美しい品物を買うゆとりのない人たちも、どこかにそんなものがあることを喜んでいたんですがね」

大尉は愛想よくうなずいたが、驚いたことに、わたしの言葉はなぜかエヴァンズ少佐を怒らせたらしい。

「まあ、とにかく」とわたしはいった。「必要なものがあれば、なんでもお使いください。お役に立てるのは光栄です」いまこの場でスコッチをすすめるのはどんなものかな、と疑問がわいた。事態はかならずしもこちらの思惑どおりに進んでいない。

「実に利口だな、このおやじは」と少佐がひややかにいった。

さっきからこの少佐がなにをいいたかったのか、とつぜんわたしは気づいた。ショックだった。むこうは、わたしが敵のひとりだったといいたいのだ。いまの言葉の意味は、怖かったら協力しろ。むこうはわたしを怖がらせたがっている。

一瞬、わたしは吐き気を感じた。むかし、いまよりもずっと若く、もっと信心深いキリスト教徒だったころに、よくこういったものだ。恐怖を利用してなにかをさせる人間は、病的で、哀れで、痛ましいほど孤独だ、と。そのあとで、そうした人間ばかりを集めた軍隊が作戦行動をとるのを見たとき、いや、孤独なのはわたしのようなタイプだ、と気がついた。ひょっとすると、わたしのほうが病的で哀れなのかもしれないが、それを認めるぐらいなら、自殺を選んだだろう。

新しい司令官に対するこの印象はまちがっているにちがいない。わたしは自分にこういい聞かせた。もともと猜疑心が強いうえに——年をとったいまだからいえるが——あまりにも長年、不安にとりつかれすぎたのだ。しかし、マルタもこの空気のなかに脅威と不安を感じているようだ。いまのマルタは、ここ何年かそうしてきたように、温かい心をとりすました鈍い仮面の奥に隠してしまった。

「そうです」とわたしはいった。「お役に立つものがあればなんでもどうぞ」

少佐は裏部屋のドアを押しあけた。そこはわたしの寝室兼工房だ。ホスト役はお役御免。わたしは窓ぎわの椅子にどすんと腰をおろした。ドニーニ大尉はばつが悪そうに、マルタとわたしのそばに残った。

「ここから眺める山々はとても美しいですね」と大尉がとってつけたようにいった。

三人は気詰まりな沈黙にはいったが、その静けさを破るのは、ときどき少佐が裏部屋でゴソゴソやらかす物音だった。わたしは大尉をじっくりながめ、少佐よりもずっと若く見えることに驚いたが、ふたりが同年配という可能性もじゅうぶんありえた。この大尉が戦場にいる場面を想像するのはむずかしく、逆にあの少佐が戦場以外にいる場面を想像するのはむずかしい。

エヴァンズ少佐が低く口笛を鳴らすのが聞こえたので、察しがついた。あの司令官用のデスクを見つけたのだ。

「少佐はとても勇敢な方なんでしょうね、きっと。あのたくさんの勲章からしても」とマルタがようやく言葉を見つけた。

ドニーニ大尉は、上官のことを説明する機会ができたことにほっとしたようすだった。

「少佐はこれまでも、いまもすばらしく勇敢な方です」と大尉は温かい口調でいった。少佐と、ベーダにやってきた下士官兵の大半は、どうやら有名な機甲師団の出身らしく、大尉の口ぶりだと、その師団は恐怖や疲労を知らず、なによりも激戦が大好きらしい。

驚きの舌打ちが出た。そうした師団の話を聞くときのわたしの癖だ。そうした師団の話は、アメリカ軍将校からも、ドイツ軍将校からも、ソ連軍将校からも聞いた。第一次大戦中の上官たちも、おまえたちはそんな師団に所属しているんだぞ、とわれわれの前で宣言した。戦争好きが集まった師団の話を下士官兵から聞かされた場合は、もしかしてわたしもそれを信じるかもしれない。ただし、その下士官兵がしらふで、撃たれた経験がある場合にかぎる。もしこの世にそんな師団が存在するなら、戦争から戦争までのあいだ、ドライアイスに詰めて保存すべきだろう。

「それであなたはどうなんですか？」大尉の語るエヴァンズ少佐の血湧き肉躍る物語の切れ目で、マルタがそう口をはさんだ。

大尉はほほえんだ。「わたしはヨーロッパへきてまだ日が浅いので――ちょっと言葉がわるいですが――まだ両手が自分の尻を見つけてないんですよ。この肺のなかには、まだジョージア州フォート・ベニングの空気が残っています。しかし、少佐は――英雄ですよ。ここ三年間、休みなく戦いつづけてこられたんですから」

「それに、ここで警官と、村役場の書記と、嘆きの壁の合体として終わるつもりもないぞ」とエヴァンズ少佐が裏部屋の入口に立ったままでいった。「おやじ、このデスクをもらいたい。これはきみが自分のために作ったものだな、ちがうか？」

「わたしがそんなデスクを持ってどうします？　ソ連軍の司令官用に作ったんですよ」

「彼はきみたちの友人かね、ええ？」

わたしは微笑をうかべようとしたが、説得力はなかったようだ。「もし作るのを断っていたら、いまここであなたとお話しすることはできなかったでしょう。いや、第一、彼とも話ができなかったでしょう。もしわたしがナチの司令官のためにベッドを作るのを――しかも、その頭板の上に鉤十字の花輪と、ナチ党歌の第一節を彫りこむのを――断っていたらね」

　大尉はわたしといっしょにほほえんだが、少佐はにこりともしなかった。「変わってるな、この先生」と少佐はいった。「ナチの協力者だったことを自発的に告白するとは」

「そうはいってません」とわたしは穏やかにいった。

「楽しみに水をささないでくれ」と少佐はいった。「たまにこういう変化があると、気がせいせいする」

　マルタががまんできなくなったのか、だしぬけに二階へ駆けあがっていった。

「わたしは対独協力者じゃありません」といってみた。

「もちろんそうだろう――つねに彼らと戦いつづけてきたわけだな。わかった、わかった。ちょっとこっちへきてくれないか。デスクのことで相談がある」

　少佐はまだ仕上げのすんでないデスク、巨大で、わたしから見ると醜悪な家具の上に腰かけた。そのデスクは、ソ連軍司令官の悪趣味と、富の象徴についての偽善に対するひそかな諷刺《ふうし》としてデザインしたものだ。できるだけ装飾的な気取った様式、ロシア農民が夢に描く、ウォール街の銀行家のデスクのイメージに近い。宝石もどきに板のなかへ埋めこまれた着色ガラスがきらきら光り、金箔そっくりの発光塗料がそれを際だたせている。だが、いまやその諷刺はひそかなものにしておくしかなさそうだ。このアメリカ軍司令官も、あのソ連軍司令官とおなじく、それに魅入られているのだから。

「わたしにいわせれば、これこそ正真正銘の家具だ」とエヴァンズ少佐がいった。

「とてもすてきです」とドニーニ大尉がうわの空でいった。マルタが逃げだした階段の上をまだ見あげている。

「だが、ひとつだけまちがったところがあるな」

「ハンマーと鎌でしょう——わかってます。それを削るつもりで——」

「なんという読みの正しさ」と少佐はいうと、ブーツの片足をうしろに引き、巨大な紋章の縁へ荒っぽい蹴りを入れた。円形の飾りが吹っ飛び、ごろごろと部屋の隅へ転がったすえ、ロ、ロ、ロ、ロ、と音をたてながら、表側を下にして倒れた——パタン！　猫がそれを調べ、怪しいぞ、といいたそうにあとずさった。

「あそこへ鷲《わし》の紋章を入れてもらおうか、おやじ」少佐は帽子をぬぎ、そこについているアメリカの紋章の鷲を見せた。「これとおなじやつを」

「このデザインは簡単じゃないから、少々ひまがかかりますよ」とわたしはいった。

「鉤十字や、ハンマーと鎌ほど簡単じゃないというわけか、ええ？」

何週間も前からわたしが夢見ていたのは、このデスクに関するジョークをアメリカ人ととりかわすところで、なかでも最大のジョーク、ソ連軍司令官のためにそこへ組みこんだ秘密の引き出しのことを話す場面だった。いま、アメリカ人はここにいる。だが、こちらの気分は以前とすこしちがっていた——不愉快で、とほうに暮れ、孤独だ。そのジョークを、マルタ以外のだれかとわかちあう気分になれなかった。

「いや」わたしは少佐のとげとげしい質問に答えていった。「それはちがいます」いったい、ほかになんといえばいい？
　床板の下にはスコッチが眠ったまま、デスクの秘密の引き出しは秘密のままだった。

　ベーダのアメリカ軍駐留部隊は約百名、ドニーニ大尉を除くほとんど全員が、エヴァンズ少佐とおなじ機甲師団出身で、筋金入りの下士官兵だった。彼らは征服者のようにふるまい、エヴァンズ少佐もそれを奨励していた。それまでのわたしはアメリカ軍の到来に大きな期待をかけていた――マルタとわたしの心のなかでの誇りと威厳の復活、ささやかな好景気とごちそう、そしてマルタにとって生きる価値のあるよりよい人生の時期。だが、その代わりに到来したものは、新司令官エヴァンズ少佐の弱いものいじめと、部下たちの手でそれが百倍にも増幅されたことに対する不信感だった。
　戦争つづきの世界の悪夢のなかでは、それとつきあっていく特殊技術が要求される。そのひとつは、占領軍の心理を理解することだ。ソ連軍はナチと似ていなかったし、アメリカ軍はそのどちらとも大きくちがう。ありがたいことに、そこにはソ連軍やナチのような肉体的暴力はない――銃撃も拷問もない。とりわけ興味深いのは、泥酔しないかぎり、アメリカ兵が大きなトラブルをひきおこさない点だ。だが、ベーダの町にとって迷惑なことに、エヴァンズ少佐は兵士たちを好きなだけ酔っぱらわせた。泥酔すると、兵士たちは好んで――記念品探しという名目で――盗みを働く。めちゃくちゃなスピードのジープで街路を突っ走り、空に向けて拳銃を発射し、わいせつな言葉をわめきちらし、なぐりあいをはじめ、窓ガラスを割る。

ベーダの町の住民は、なにが起きても沈黙を守り、目につかない場所へ隠れることに慣れていたので、アメリカ兵と他国の兵士とのきわめて基本的な相違点を発見するまでには、しばらくひまがかかった。アメリカ兵の無法さと無神経さはごく表面的なもので、その底には深刻な不安感がある。やがてわかったのだが、女性や年長者が彼らの前へまるで親たちのように立ちはだかり、そうした行為を叱りつけると、むこうはひとたまりもなく恐れいる。たいていの兵士は、そうされるとまるでバケツの水を頭からぶっかけられたように、酔いがさめる。

征服者に関するこの洞察が得られたため、日常の暮らしは前よりいくらか耐えやすくなったが、大幅に、とまではいかなかった。屈辱的な認識は、この町の住民が、以前のソ連軍の態度と大差ない感じでいまなお敵とみなされ、少佐がわれわれに罰を加えたがっていることだった。町民たちは労働大隊に徴発され、武装警備兵の監視のもとで捕虜なみの作業を命じられる。さらに耐えがたいのは、その労働がこの町の受けた戦争被害の修復よりも、アメリカ軍駐留部隊の居住施設の快適化と、ベーダ周辺の戦闘で亡くなったアメリカ兵を顕彰する、巨大で醜悪な記念碑建設を目的としていること。四人の兵士が戦死したのだ。エヴァンズ少佐はこの町の雰囲気を刑務所の雰囲気に変えてしまった。恥を知れ、というのが司令官の布告で、誇りや希望の芽はたちまち摘みとられる。われわれにはそれを手にする権利がない。

希望の星はひとつだけ。われわれのだれよりも不幸なアメリカ人――ドニーニ大尉だ。大尉には少佐の命令を実行する責任があり、酒で気をまぎらそうと何度も試みたようだが、ほかのみんなのようには効き目がなかった。少佐の命令を彼がしぶしぶ実行する態度は、へたをすると軍法会議にかけられるのではと、はらはらするほどだった。その上、大尉は少佐といる時間よりも、マルタやわたしと過ごす時間のほうが長く、わたしたちとの会話の大半は、自分のやらざるをえない仕事に関する遠まわしな謝罪だった。奇妙なことにいつのまにか立場は逆転し、マルタとわたしはこの悲しげで憂鬱そうな大男を、逆に慰める側にまわっていた。

わたしは少佐のことを考えながら、工房の作業台の前に立ち、司令官のデスクの正面につける白頭鷲《アメリカン・イーグル》の紋章の仕上げにはいった。マルタはわたしの簡易ベッドに寝そべり、天井を見つめていた。彼女の靴は石粉で真っ白だった。まる一日の記念碑建立《こんりゅう》作業から帰ってきたばかりなのだ。

「まあ、とにかく」とわたしは陰気な口調でいった。「かりに自分が三年間も戦いつづけたとすれば、その戦いの相手とあまり仲よくなれる自信はない。事実に直面しよう。われわれみんながそれを望んだかどうかはともかくとして、兵士や資材を供給し、何十万ものアメリカ兵を殺す手助けをしたんだから」わたしは西の山脈を手で示した。「ごらん、ソ連軍がどこでウランを手に入れたかを」

「目には目を、歯には歯を」とマルタ。「いつまでそれがつづくのかしら?」

わたしはため息をつき、首を横にふった。「神さまもご存じだが、チェコ人は利息込みで借金を返済したよ。手には手を、足には足を、火には火を、傷には傷を、鞭打ちには鞭打ちを」われわれは若者たちの大半を失った。マルタの夫も、ソ連軍主力の攻撃の前に、決死の戦いを挑んだひとりだ。そして、わが国最大の都市のいくつかは、瓦礫の山と煙にされてしまった。

「そして、その代償を払ったあとにやってきたのは、新しい人民委員《コミッサール》。でも、彼らはほかの連中とぜんぜん変わりがなかった」マルタは苦々しげにいった。「それ以外のものを期待するほうが甘かったのよね」

マルタの恐ろしい落胆は、わたしがはかない希望を育てあげたせいでもあるし、マルタの嫌悪感と絶望は――ああ、神よ、もうわたしには耐えられません！　しかも、もうこのあとに解放者はやってこないのだ。この世界に残された唯一のたのみの綱はアメリカで、げんにアメリカ兵たちがベーダにきているのだから。

のろのろと、わたしは白頭鷲の製作にもどった。その紋章を写しとれるようにと、大尉が一ドル紙幣をくれたのだ。「待てよ――このかぎ爪がつかんだ矢は、ぜんぶで……九、十、十一、十二、十三本か」

控えめなノックの音がドアにひびき、ドニーニ大尉がはいってきた。「失礼」

「ご遠慮なく」とわたしはいった。「そちらが戦争に勝ったんだから」

「残念ながら、わたしはあまり役に立たなかった」

「少佐は撃つべき敵を大尉に残しておかなかったようね」とマルタがいった。

「いったいあの窓はどうしたんです？」と大尉がたずねた。

ガラスの破片が床いちめんに散らばり、風雨が窓からはいりこむのを防ぐために、大きなボール紙を当ててある。「ゆうべ、一本のビール瓶で窓が解放されてね」とわたしはいった。「そのことで少佐に手紙を書いたんだが――罰として、おそらくこの首を刎《は》ねられるだろうな」

「いま作っているそれは？」

「片脚の爪に十三本の矢、もう片脚にオリーブの枝をつかんだ鷲」

「あなたは恵まれてます。へたをすると、石に漆喰《しっくい》を塗らされる羽目になったかも。だが、そのリストから除外された。デスクを仕上げられるように」

「そう、みんなが漆喰を塗っているのは見たよ」とわたしはいった。「漆喰を塗った石碑のおかげで、ベータは戦前よりもりっぱに見える。この町が砲撃を受けたとはだれも気がつかない」少佐は彼の芝生の上におかれた漆喰塗りの石碑に、感動的メッセージを彫りつけるように命じた――第一四〇二MP中隊、指揮官ロースン・エヴァンズ少佐。花壇と通路の輪郭線も、並べた石ですでに記されている。

「いや、少佐はべつにわるい人じゃない」と大尉はいった。「少佐があの激戦のすべてを生きのびたのは、ひとつの奇跡です」

「わたしたちがこの戦争を生きのびたのもひとつの奇跡だわ」とマルタがいった。

「そう、それはたしかだ。わたしにはわかる——あなたがたは恐ろしい時代を生きのびた。だが、ともかく、少佐もそうなんです。彼はシカゴの爆弾事件で家族を失いました。奥さんと三人のお子さんを」

「わたしもこの戦争で夫を失ったわ」とマルタがいった。

「だから、なにを言いたいんだね——少佐はわれわれみんなが少佐の家族の死を悼《いた》んで、贖罪《しょくざい》の苦行をするべきだ、とでも？　われわれが彼の家族の死を願っていたとでも思っているんだろうか？」とわたしはいった。

　大尉は作業台にもたれ、目をつむった。「ああ、くそ、わからない、まったくわからない。少佐の気持ちを理解することがあなたがたのためになる、と思ったんだが——あなたがたが少佐を憎まないようにするためにね。しかし、ぜんぜん意味が通らない——役に立つように思えない」

「あなたは役に立てると思ったんですか？」とマルタがいった。

「ここへやってくるまではね——そう思った。いまは自分が必要とされてないことを知っているが、なにが必要なのかはわからない。くそ、わたしはみんなに同情し、なぜみんながああいう行動をとるかの理由もわかる。あなたがたふたり、この町のみんな、少佐、志願兵たち。もしかするとこのわたしも、弾を一発食らうか、火炎放射器を持った敵に追いかけられるかすれば、もっと男らしくなれるかもしれない」

「そして、ほかのみんなとおなじように相手を憎むわけよね」とマルタ。

「そう――そして、ほかのみんなとおなじように自信が持てるようになる」

「それは自信じゃない――麻痺状態だよ」とわたしはいった。

「麻痺状態」と大尉はくりかえした。「だれにも麻痺状態になる理由はある」

「それが最後の砦ね」とマルタ。「麻痺状態か、自殺」

「マルタ！」とわたしはいった。

「それが事実だと知ってるくせに」マルタはにべもなくいった。「もしヨーロッパの都市の街角にガス室があれば、パン屋の前よりも長い行列ができると思う。この憎悪のすべてはいつになったらやむのか？　けっしてやまないわ」

「マルタ、たのむからそんなふうに話すのはやめてくれ」とわたしはいった。

「エヴァンズ少佐も、やはりそんなふうに話しますよ」ドニーニ大尉がいった。「ただちがうのは、もっと戦いつづけたいということだけ。一度か二度、酔っぱらったときに、少佐はこういった。おれは戦死すりゃよかった――故郷へ帰っても、なにも残ってないからな、と。だから少佐は戦場ではとんでもない危険を冒すが、かすり傷ひとつ負わない」

「かわいそうに」とマルタはいった。「もう戦争はないわ」

「いや、まだゲリラ戦がある――レニングラード周辺ではずいぶんさかんでね。少佐はそれに参加したくて、転属を志願しました」大尉は目を下に落とし、両膝の上で掌をひらいた。「それはともかく、なにをお伝えにきたかというと、少佐はこのデスクを明日までにほしがっているんです」

ドアが大きくひらいて、少佐が大股に仕事部屋へはいってきた。「大尉、いままでどこにいた？　五分ですむ用件に送りだしたのに、もう三十分も超過してるぞ」

ドニーニ大尉は立ちあがって気をつけをした。「申し訳ありません」

「部下が敵と親密になることを、わたしがどう考えているかは知っているな」

「はい、閣下」

少佐はわたしに向きなおった。「ところでこの窓はどういうことだ？」

「昨夜、あなたの部下のひとりが、ガラスを割ったんです」

「さて、それは実に困ったことだな、ええ？」これも返答不可能な少佐の質問のひとつ。

「わたしはこういったんだ。おやじ、それは実に困ったことだな、ええ？」

「はい、閣下」

「おやじ、これからきみの頭にたたきこんでおいてほしいことをいうぞ。それをきみはこの町のみんなにちゃんとわからせてくれ」

「はい、閣下」

「きみたちは戦争に負けた。それがわかっているのか？　わたしがここへきたのは、きみたちやほかのみんながこの背中にすがって泣くためではない。戦争に負けたことを、ここのみんなにしっかり認識させ、問題を起こさせないようにさせるためだ。わたしがここへきた理由はそれしかない。こんどわたしに向かって、自分は生きるためにソ連軍に協力しました、といったやつは、歯が折れるほど顔をけとばされると思え。自分はひどい仕打ちを受けました、とわたしに訴えるやつにも、おなじことがいえる。きみたちはまだ手荒な仕打ちの半分も受けてはいないんだ」

「はい、閣下」

「ここはあなたのヨーロッパですものね」とマルタが静かにいった。

少佐は不機嫌にマルタをふりかえった。「若いご婦人よ、もしこの町がわたしのものなら、技術者たちを動員して、このどうしようもないガラクタをそっくりブルドーザーで地ならしさせるところだ。ここに住んでいるのは、つぎつぎにやってくるいまいましい独裁者どもの命令をへいこら聞く、根性なしの妙な連中ばかりだからな」ふたたびわたしは最初の日とおなじように気づいた。この少佐がどれほど疲れきり、放心状態であるかに。

「閣下――」と大尉がいった。

「静かに。わたしがここまで激戦をつづけてきたのは、イーグル・スカウトの模範生にあとをまかせるためではない。さて、わたしのデスクはどこにある？」

「いま、鷲の仕上げ中です」

「見せてもらおうか」わたしはその円盤をさしだした。少佐は小さく悪態をついて、自分の帽子の記章に手をふれた。「これだ。これとそっくりおなじものを作れ」

わたしは目をぱちくりさせて、少佐の帽子の記章を見つめた。「しかし、これとそっくりおなじですよ。一ドル札のをそっくり写したんですが」

「おやじ、問題は矢だ！　どっちの爪が矢をつかんでる？」

「ああ――あなたの帽子の記章では右脚ですね。一ドル札では左脚」

「そこに天地のひらきがあるんだ、おやじ！　片方は陸軍、もう片方は民間」少佐は片膝を持ちあげ、そこに木彫りをあてがうと、まっぷたつにへし折った。「やりなおしだ。ソ連軍司令官を喜ばせることに熱心だったきみだ。このわたしを喜ばせろ！」

「ひとつ申しあげていいですか」とわたしはいった。

「いかん。聞きたいのは、明朝までにデスクをお渡しするという返事だけだ」

「しかし、この木彫りを仕上げるには何日もかかります」

「徹夜でやるんだな」

「はい、閣下」

少佐は大尉をしたがえて外に出ていった。

「あの男になにをいおうとしたの？」マルタが皮肉な笑みを浮かべてたずねた。

「チェコ人が、憎むべきヨーロッパと、根かぎり長く、激しく戦ってきた、ということだよ。あの男にいってやりたかったのは――まあいい、そんなことをしてなんの得がある？」

「つづけて」

「おまえはもう千回も聞いてるよ、マルタ。退屈な物語だと思うが。あの男にいってやりたかったのは、このわたしが、どうやってハプスブルク家と、それにナチ、つぎにはチェコの共産主義者、そのつぎにはソ連人たちと戦ってきたかだ――自分なりのささやかな方法でどう戦ってきたか、それを話してやりたかった。わたしはただの一度も独裁者に味方したことはないし、これからもそうする気はない」

「早く鷲の木彫りにとりかかったほうがいいわ。忘れないで、矢は右脚よ」

「マルタ、おまえはスコッチというものを飲んだことがないだろうが？」わたしは床板の割れ目にハンマーの釘抜き側をつっこみ、床板を持ちあげた。そこには、偉大な一日を夢見てお祝い用にとっておいた、ほこりまみれのスコッチのボトルがあった。

スコッチはうまかった。ふたりともすっかりごきげんになった。わたしは仕事にもどり、マルタとふたりで昔の日々を懐かしんだ。しばらくはまるでマルタの母親が生き返り、マルタが幼くて、かわいくて、明るい少女にもどり、一家がプラハに住居と友人たちを持っていた時代に……ああ、神さま、それは短いが、すばらしいひとときだった。

やがてマルタは簡易ベッドの上で眠りこけ、わたしは鼻歌まじりに、ひとり真夜中まで白頭鷲を彫りつづけた。お粗末なやっつけ仕事で、パテや偽の金箔を使って、いろいろな欠陥を隠してある。

日の出の二、三時間前に、わたしはその紋章をデスクにくっつけ、万力で固定してから、眠りに落ちた。新しい司令官にぴったりのしろものだ。紋章をべつにすると、そもそもはソ連軍のためにデザインしたデスクなのだから。


翌朝早く、大尉が五、六人の兵士を連れてデスクを引き取りにきた。デスクは東洋の君主の遺骸をおさめた柩《ひつぎ》のように見え、彼らは葬送者さながらにそれを運んでいった。少佐は入口で兵士たちを出迎え、宝物がドアの枠にぶつかりそうになるたびに警告を発した。ドアが閉まり、その前で歩哨が所定の位置にもどると、もうなにも見えなくなった。

わたしは工房にもどり、作業台から木屑を払い落として、チェコスロバキアのベーダに駐屯した一〇四〇二MP中隊のローソン・エヴァンズ少佐宛に手紙を書きはじめた。

『拝啓』とわたしは書いた。『あのデスクに関して、まだ閣下のお耳に入れてない事実がひとつあります。その鷲の真下をごらんになればわかりますが、そこに……』

その手紙をさっそく通りの向かいへ届けるつもりでいたが、結局はそうしなかった。読みかえして、ちょっと気分がわるくなったからだ――最初にその手紙を受けとるはずだったソ連軍の司令官宛てだったら、そんな気分にはならなかったろう。その手紙のことを考えるだけで昼食がだいなしだった。もっとも、ここ数年はろくな食事をとってない。マルタはマルタでふさぎこんでいるため、気がつかなかったようだが、いつもならもっと自分の体に気をつけなさい、とお小言を食うところだ。マルタは、わたしが手をつけなかった皿を無言で下げてしまった。

その午後遅く、わたしはボトルに残ったスコッチを飲みほしてから、通りを横切った。そして、歩哨に封筒をさしだした。

「おやじ、これもあの窓の一件の苦情かい?」と歩哨はいった。どうやらあの窓の一件は、みんなに知れわたったジョークらしい。

「いや、べつの問題だ――あのデスクのことで」

「わかったよ、おやじ」

「ありがとう」

わたしは仕事部屋にもどり、簡易ベッドで横になって待つことにした。短い時間だが、眠ることができた。

マルタがわたしを起こしにきた。

「わかった、用意はできてる」とわたしはつぶやいた。

「なんの用意？」

「兵士たちさ」

「兵士たちじゃないわ――少佐よ。彼が出発する」

「彼がなにをするって？」わたしは簡易ベッドの横に両脚を下ろした。

「いま装備品といっしょに、ジープへ乗りこむところ。エヴァンズ少佐がベータを離れるのよ！」

わたしは急いで表の窓までいき、ボール紙をとりのけた。エヴァンズ少佐はジープの後部席にすわり、ダッフル・バッグと寝袋その他の装備品に囲まれていた。そのいでたちからすると、ベータ郊外で激戦が起きているのかと思うほどだ。少佐は鉄かぶとの下から周囲をにらみ、かたわらにカービン銃をおき、腰のまわりに弾帯とナイフと拳銃をつけていた。

「少佐は転属になったのか」わたしは驚きをこめていった。

「ゲリラと戦うわけね」マルタが笑いながらいった。

「神よ、彼らを助けたまえ」

ジープが動きだした。エヴァンズ少佐は手を振り、ガタガタ揺すられながら去っていった。この驚くべき人物の最後の姿をわたしが見たのは、ジープが町はずれの丘の頂上にたどりついたときだった。少佐はこちらへ向きなおり、親指を鼻にくっつけて、ほかの指をひろげてみせた。ジープは谷のむこう側へ下り、視界から消えてしまった。

通りの向かい側で、ドニーニ大尉がわたしと目を合わせてうなずいた。

「新しい司令官はどなた？」とわたしは呼びかけた。

大尉は自分の胸をたたいた。

「イーグル・スカウトってなんのこと？」マルタが小声でたずねた。

「あの少佐の口調からすると、まったく兵士らしくなくて、うぶで、気の優しいだれかのことらしい。シーッ！　そのご当人がやってくるぞ」

ドニーニ大尉は、この新しい重責をなかば厳粛に、なかば滑稽に受けとめているようだった。

大尉は考え深げにタバコの火をつけ、頭のなかで言いまわしを考える表情になった。それから口をひらいた。「前にあなたはこうたずねたことがある。いつ憎悪の終わりがやってくるのか、と。いまその時がやってきましたよ。もう労働大隊はなし、盗みもなし、破壊もなし。わたしは憎悪すべきものをそんなに見ていませんから」タバコの煙をパッパッと吐きだして、大尉はまたしばらく考えた。「しかし、エヴァンズ少佐に劣らず、わたしもベーダの住民を憎むことはできます。もしここの住民が、明日からこの町を子供たちにとって住みよい場所に再建する仕事をはじめなければね」

大尉はすばやく背を向けると、ふたたび通りを横切っていった。

「大尉さん」わたしは呼びかけた。「エヴァンズ少佐に手紙を書いたんですが――」

「少佐はそれをこのわたしによこしました。まだ読んでませんが」

「返してもらえますか?」

大尉はいぶかしげにこちらを見つめた。「ああ、いいですよ――わたしのデスクの上にある」

「そのデスクに関する手紙なんです。修理の必要な部分があって」

「引き出しはちゃんとひらきますが」

「あなたのご存じない特別な引き出しがあるんです」

大尉は肩をすくめた。「じゃ、きてください」

わたしはいくつかの工具を袋にほうりこみ、彼のオフィスへ急いだ。あのデスクは、それ以外は質素な部屋のなかで、華やかだが孤独な存在を誇っていた。わたしの手紙はそのデスクの上にあった。

「もしご希望なら、読んでもらってけっこうです」とわたしはいった。

大尉はその手紙をひらき、声を出して読みはじめた。

『拝啓。あのデスクに関して、まだ閣下のお耳に入れてない事実がひとつあります。その鷲の真下をごらんになればわかりますが、そこにあるオークの葉の飾りは、押すと回転します。オークの葉の茎の端が鷲の左のかぎ爪にくっつくまでまわしてください。それから鷲のすぐ上のどんぐりを指で押すと……』

大尉が手紙を読むあいだに、わたしは自分の手紙の指示を実行した。オークの葉を押しながら回転させると、カチッという音がした。つぎにどんぐりを親指で押すと、小さい引き出しの前面が、指をかけていっぱいにひっぱりだせるように、数分の一インチひらいた。

「どこかへひっかかったらしい」とわたしはいった。それからデスクの下に手を伸ばして、引き出しの奥にとりつけられた一本のピアノ線を切った。「これでよし！」引き出しをいっぱいにひらいた。「どうです？」

ドニーニ大尉は笑いだした。「エヴァンズ少佐ならきっと大喜びしたでしょう。すばらしい！」感心したように、彼は引き出しを何度か開け閉めし、その前面が装飾とぴったり一致するのに呆れているようすだった。「わたしも秘密を持ちたくなってきた」

「秘密を持たない人間は、ヨーロッパにはそうざらにいませんよ」とわたしはいった。大尉はつかのまこちらに背を向けた。わたしはもう一度司令官のデスクの下へ手をのばし、信管にピンをさしこんで、爆弾をとりはずした。

GOODBYE
BLUE
MONDAY

さよなら
ブルー
マンデー

追憶のハルマゲドン

Armageddon in Retrospect

親愛なる友よ

あなたのお時間をすこし拝借できますか？　お目にかかったことは一度もありませんが、こうしてお手紙をさしあげるのは、共通の友人のひとりがあなたのことを、知性の面でも、同胞への思いやりの面でもずばぬけている、と絶賛していたからです。

連日のニュースの衝撃がこれほど大きいと、二、三日前の大事件ですらあっさり忘れがちですね。そこで、わずか五年前に全世界を揺るがしたにもかかわらず、いまやごく少数の人間以外には忘れ去られた事件のことで、あなたのご記憶を新たにしたいと思います。つまり、聖書に基づく当を得た理由から、〝ハルマゲドン〟と名づけられた例の事件です。

パイン研究所が発足した当時の大騒ぎは、もしかするとあなたもご記憶かもしれません。告白しますと、わたしは一抹《いちまつ》の恥ずかしさと愚かしさを感じつつも、金銭的理由からあの研究所の管理職についていた者です。ほうぼうの研究施設から誘いを受けておりましたが、パイン研究所の人材スカウトは、よそが申し出た給料の最高額の二倍を出そう、といったのです。当時のわたしは大学院生としての三年間の貧乏生活で借金を背負っていたこともあり、その申し出を承諾しました。自分にこういい聞かせたのです。まる一年ここに勤めて借金を完済し、ある程度の貯金ができたら、もっとちゃんとした仕事につき、その後はオクラホマ州ヴァーディグリスの百マイル以内にさえ足を踏みいれたことがないふりをしよう、と。

誠実さを一時棚上げにしたおかげで、わたしは現代の真に英雄的な人物のひとり、ゴーマン・ターベル博士と親密になることができました。

パイン研究所にわたしが持ちこんだものは、企業経営関係の博士号に付随してくるたぐいの技能でした。この種の技能は、もしそうする気なら、三輪車工場や遊園地経営にも応用できたことでしょう。いかなる意味でも、わたしは人類をハルマゲドンに導き、それを経験させた、あのさまざまな理論の創造者ではありません。わたしがその現場に到着したのはかなりあとになってからです。重要な思索の大部分はすでに完成していました。

精神的にいっても、また犠牲的行為という点からも、あの作戦と勝利に関する真の貢献者のリストの先頭を飾るべき名前は、やはりターベル博士のそれでしょう。

年代順でいえば、そのリストはドイツのドレスデン在住の故ゼーリリヒ・シルトクネヒト博士からはじめるべきかもしれません。博士は精神病に関する自己流の理論にだれかの関心をひきよせるため、自己の後半生と遺産を捧げましたが、その努力はほとんど実りませんでした。シルトクネヒト博士の理論は、要するにこういうことです。すべての事実に符合する精神病の統一理論は最も古来からのもので、まだ一度も誤りを証明されたことがない。つまり、博士はこう信じていたのです。精神を病む人たちは、悪魔にとりつかれている、と。

博士は、つぎつぎに書き上げた著書のなかで――どの出版社からも敬遠された結果、そのすべてが自費出版でしたが――その点を指摘しました。そして、悪魔に関してできるだけ多くの事実を発見できるような研究の必要性を説いたのです。悪魔の形態、習慣、強みと弱点に関して。

そのリストでつぎに名前が挙がるのは、アメリカ人で、わたしの旧雇用主でもある、ヴァーディグリス在住のジェシー・L・パインです。石油の百万長者であるパインは、もう何年も前に、図書館開設のため、積みあげれば二百フィートもの高さになるほどの書籍を注文しました。その注文を受けた書籍商は、ほかの良書に混ぜてゼーリヒ・シルトクネヒト博士の全集を処分するチャンスをつかんだのです。さて、パインはこう推測しました。シルトクネヒト全集が外国語で印刷されているのは、英語では印刷できないほど過激な部分があるからだろう。そこでパインはオクラホマ大学のドイツ語学科長を雇い、その本を自分のために英訳させたのです。

パインは書籍商の選択に怒りをおぼえるどころか、むしろ狂喜しました。彼は無教育であることから、それまでの人生でさまざまな屈辱をなめてきたのに、五つの大学の学位を持つ学者の披瀝する基本的な哲学が自分のそれと一致することを、はじめて知ったわけです。ひと言でいうと、それはこういうことでした――「この世界のみんなの悩みはたったひとつ。それは悪魔が一部の人間をふんづかまえていることだ」

もしシルトクネヒトがもうすこし長生きしていたら、無一文で野垂れ死にせずにすんだことでしょう。しかし、残念ながら、彼はジェシー・L・パイン研究所の創立よりも二年前に他界したのです。さて、研究所創立の瞬間以後は、オクラホマ州の油井《ゆせい》の半分近くから噴出する石油のすべてが、悪魔の棺桶に打ちこまれる釘となりました。そして、ヴァーディグリスに誕生した大理石の殿堂を訪れるため、なんらかの種類のご都合主義者が列車に乗りこまない日はめずらしいほどになったのです。

このリストをさらにつづけるなら、それはかなり長いものになるでしょう。何千人もの男女が――そのなかには少数の知的で誠実な人たちも混じってはいますが――シルトクネヒトの指示した研究の行く手をさぐりはじめ、パインはパインで真新しい紙幣の詰まったショルダーバッグをかかえて、執拗に彼らのあとを追ったからです。しかし、これらの男女の大部分は、史上最大のぼろ儲け列車に乗り合わせた、欲の深い無能な乗客にすぎません。たいていの場合、とてつもなく費用がかさむ彼らの実験は、後援者であるジェシー・L・パインの無知と軽信性に対する諷刺ともいえるものでした。

ふつうなら、そこで使われた数百万ドルからはなにひとつ生まれず、わたしもそれに値する仕事をなにひとつせずに、驚くべき高額の給料小切手を受けとりつづけたことでしょう。ハルマゲドンの生きた殉教者、ゴーマン・ターベル博士がいなければ。

博士はこの研究所の最古参メンバーであり、最も高名な人物でした——六十歳前後で、背は低いが屈強な体格。情熱的で、白髪は伸びほうだい、橋の下で何度も夜を明かしたかのように思える身なり。博士は東部のある大きな工業施設の実験研究室で物理学者として輝かしい成功をおさめたのち、引退してヴァーディグリス近辺で暮らしていたのです。ある日の午後、食料品を仕入れにいく途中で、あの堂々たる建物はいったいなんだろう、と好奇心にかられた博士は、パイン研究所に立ち寄りました。

最初に博士を迎えたのは、このわたしでした。わたしは相手が驚くべき知性の持ち主なのを直感し、この研究所がどんな目的を掲げているかをおそるおそる物語りました。その態度は、いわばこんな感じでした。〝教育のあるわれわれふたりのあいだだけの話ですが、これはたわごとの塊ですよ〟。

しかし、博士はこの計画に関するこちらの愛想笑いには同調せず、シルトクネヒト博士の著書の一部を見せてほしい、と要求しました。わたしは彼の全著書の論旨を要約した代表的な一冊をさしだしました。そして、ターベル博士がそれを走り読みするあいだ、かたわらに立って、知ったかぶりのくすくす笑いをもらしていたのです。

「研究室の空きはあるかね？」その本をざっと見終わって博士はたずねました。

「えーと、はい、実をいうとあります」わたしは答えました。

「どこに？」

「えーと、三階のぜんぶがまだ空き部屋のままです。いま、塗装工が最後の仕上げにとりかかっていますが」

「どの部屋を使わせてもらえる？」

「つまり、ここで仕事をしたいとおっしゃる？」

「平和と、静けさと、働く場所がほしいんだよ」

「ご存じでしょうか。ここでやれる唯一の研究は、悪魔学関係のものだけなのを？」

「実にたのしいアイデアだ」

わたしはパインが近くにいないのをたしかめようと廊下をのぞいてから、博士にささやきました。「ほんとに研究の価値があるかもしれないとお考えですか？」

「それ以外にこのわたしがなにを考える権利がある？　悪魔が存在しないことを、きみはわたしに証明できるか？」

「いや、その――いくらなんでも、教育のある人間はそんなことを信じたりは――」

バシッ！　ステッキが腎臓形のデスクの上に打ちおろされました。「存在しないことが証明されないかぎり、悪魔はこのデスクに負けず劣らず現実の存在だ」

「はい、先生」

「おいきみ、自分の仕事を恥じるんじゃないぞ！　ここでの研究は、どこの原子力研究所のそれにも負けないほど、世界にとっての希望が含まれている。〝悪魔の存在を信じろ〟とわたしはいいたい。悪魔の存在を信じない態度にいまよりもましな理由がないかぎり、われわれは悪魔の存在を信じつづける。科学とはそういうものだ！」

「はい、先生」

博士は廊下を歩きながらみんなに檄《げき》を飛ばし、三階へ上がって自分の実験室を選ぶと、がんばって明朝までに仕上げてくれ、と塗装工たちにたのみました。

わたしは就職申込用紙を手に、三階まで博士のあとについていきました。「先生、恐れいりますが、これに記入していただけますか？」

博士はその用紙を受けとると、ちらとも見ずに上着のポケットへつっこみました。ポケットは、すでにしわくちゃの書類でサドルバッグのようにふくらんでいます。結局、博士はその申込書に記入しなかったのですが、引っ越してきただけで、管理部門に悪夢を作りだしました。

「ところで先生、給料の件ですが、ご希望はどれぐらいでしょうか？」とわたしはたずねました。

博士は気短に手を振り、質問をさえぎりました。「わたしは研究のためにここへきたんだ。帳簿をつけるためじゃない」

それから一年後、『パイン研究所年刊報告書第一集』が出版されました。それによると、研究所の主要業績はパインの六百万ドルの資金が流通過程にはいったことらしい。西欧の新聞雑誌は、このレポートを本年随一の滑稽な本と呼び、その証明に内容の一部を転載しました。共産党系の新聞はそれを本年随一の気が重くなる本と呼び、私利をふやそうと悪魔に直接接触を試みたアメリカの百万長者の記事に、何段分ものスペースを割《さ》きました。
しかし、ターベル博士は平然たるもの。「いまのわれわれが達した時点は、かつての自然科学が原子の構造に関して到達した程度さ」とほがらかにいってのけました。「われわれは信仰の問題よりも少々重要なアイデアを持ちあわせている。もしかすると滑稽に見えるかもしれないが、ある程度の時間を実験に費やさないかぎり、それを笑いとばすことは無知であり、非科学的だといえる」

ページまたページとつづくその報告書のたわごとのなかに隠れているのは、ターベル博士が提案した三つの仮説でした。

つまり、精神病の多くの症例が電気ショック療法で治ることからして、悪魔は電流を不愉快に感じるのかもしれない。また、軽症の精神病の多くがその本人の過去についての根気よい対話で治ることからして、悪魔はセックスや子供時代に関する果てしないおしゃべりを不快に感じるのかもしれない。もし悪魔が存在するとすれば、さまざまな度合いの不《ふ》撓《とう》不《ふ》屈《くつ》の精神を持つ人びとにとりつくのではなかろうか——悪魔はある患者から話しあいによって去り、またべつの患者からは電気ショックによって去るけれども、一部の患者からは、その患者が治療過程中に死亡しないかぎり、追いはらうことができない。

こうした仮説について、ある新聞記者がターベル博士を質問ぜめにしたとき、わたしはその場に居合わせました。「それは冗談ですか?」と記者はたずねました。
「もし、わたしがこうした仮説を遊びの精神で提供しているのかという意味なら、答えはイエスだ」

「つまり、あなたは悪魔の存在をだぼらと考えておられる？」

「〝遊び〟という言葉から離れないでくれ」とターベル博士は答えました。「いいか、科学の歴史を調べてみればわかることだが、画期的アイデアの大半は、知的な遊びの精神の結果として生まれている。実をいうと、唇をひき結んだ真剣な精神集中は、画期的アイデアの周囲を整理するためのものでしかないんだよ」

しかし、世界は〝だぼら〟という言葉のほうを好みます。まもなく、ヴァーディグリス発のお笑い記事を飾るお笑い写真が現われました。そのひとつはヘッドセットを頭につけた男で、それがたえず脳内に弱い電流を送りつづけ、その電流のおかげで、その男は悪魔にとって居心地悪い休息所になるらしいのです。その電流は感知不能ということでしたが、わたしがヘッドセットを試着してみて味わったのは、きわめて不愉快な感覚でした。撮影されたもうひとつの実験は、いま思いだすと、やや精神錯乱ぎみの女性が、巨大な鐘型ガラスの内部で自分の過去を物語っている場面でした。理論的には、じょじょに追いだされていく探知可能な悪魔的物質の一部を、なんとか捕捉しようというわけです。写真紹介による実例はまだいろいろとつづきますが、新しいものほど前のものよりもいっそう滑稽で、費用がかかるように思えたものです。

つぎにはじまったのは、わたしが〝ネズミ穴作戦〟と名づけた実験でした。この実験のため、パインは何年かぶりに銀行残高を調べる必要にせまられました。そこに出た数字を見て、パインは新しい油田開発に奔走する結果になりました。その実験に莫大な経費がかかることを知って、わたしは反対しました。しかし、わたしの抗議など、ターベル博士はどこ吹く風で、パインにこう信じこませました。悪魔理論をテストする唯一の方法は、大集団による実験しかない。こういういきさつからはじまったネズミ穴作戦は、ノワタ、クレイグ、オタワ、デラウェア、アデア、チェロキー、ワゴナー、それにロジャーズの八つの郡を悪魔から解放する試みでした。対照グループとして、これら八つの郡に囲まれたメイズ郡だけが、なんの保護もなく残されることになったのです。

最初の四つの郡では、九万七千個のヘッドセットが配布され、実験中は昼夜ぶっとおしで着用の指示が出ました。最後の四つの郡にはセンターが設置され、住民はすくなくとも週二回そこを訪れて、自分の過去を腹蔵なく語りあうことになりました。これらのセンターの経営を、わたしは助手のひとりにゆだねました。そうした施設の空気に耐えられなかったからです。永久の自己憐憫と、想像できるなかでの最も退屈な泣き言で満たされている空気に。

それから三年後、ターベル博士はこの実験の部外秘の中間報告をジェシー・L・パインに手渡したのち、極度の疲労で入院しました。博士はパインにこう警告しました。その報告書は試験的なものだから、もっともっと——はるかに多くの——研究が進むまでは、だれにも見せないように、と。

ある日、病院の一室でラジオを聞いていたターベル博士は、恐ろしいショックに見舞われました。全米ネットの放送でアナウンサーがパインを紹介し、そしてパインが支離滅裂な前置きのあとで、こんなことをいいだしたのです。

「いまおれたちが守っとるこの八つの郡のなかに、悪魔にとりつかれた人間はおらんよ。古い患者はおおぜいおるが、新しい患者はゼロだ。口のきけん連中五人と、バッテリーが切れたままでほっといた十七人のほかはな。ところで、八つの郡に囲まれたメイズ郡の住民だけは、自力でなんとかするように残しといたんだが、結局、あの連中はいまでどおり、つぎつぎに地獄行きを……」

パインは結論を述べました。「いまも昔もこの世界の悩みは悪魔のせいだ。さて、おれたちはオクラホマ州北東部から悪魔を追いだした。メイズ郡だけはべつだが。いずれはそこからも悪魔を追いだし、この地上を洗い浄《きよ》める。聖書には、いずれ善と悪の一大決戦が起こる、と書いてあるだろうが。おれの考えでは、これがそれだ」

「あのくそたわけ！」とターベル博士はさけびました。「ああ、神さま、これからなにが起こることやら」

パインとしても、すさまじい爆発的反応をひきおこすのに、これほどぴったりのタイミングを選ぶことはできなかったでしょう。その時期を考えてみてください。当時は全世界がまるで悪意の魔法のしわざのように敵対する二派に分かれ、一連の行動と反対行動がはじまり、もうこの先には大きな災厄しかありえないと思えた時期でした。どうすればいいのか、だれにも見当がつかない。人類の運命は、人間の手ではほどこすすべがないように見えました。やけくそで無力な毎日がくりかえされ、つねに前日よりもいっそう悪いニュースの伝えられる日々がつづいていたのです。

やがて、オクラホマ州ヴァーディグリスからこんな声明が届きました。この世界の災厄の原因は、悪魔が自由に行動しているからである。そして、その声明とともに、こんな申し出があったのです。その証拠と解決法を提供しよう！

全地球がもらした安堵の吐息は、よそのギャラクシーにまで届いたにちがいありません。神よ讃えられよ、この世界の紛争は、ロシア人やアメリカ人や中国人やイギリス人や科学者たちや将軍たちや資本家たちや政治家たち、あるいはいたるところに住む人間という哀れな生き物のせいではない。人間はりっぱで、上品で、無垢で、利口だが、その人間の誠実な試みを悪魔が失敗させているのだ。この声明によって、あらゆる人間の自尊心は千倍にもふくれあがり、悪魔を除くだれもが面目を失いませんでした。

あらゆる国の政治家がマイクに向かい、われわれは悪魔反対である、と宣言しました。あらゆる国の新聞の社説ページも、やはり大胆な立場——悪魔反対の立場——をとりました。悪魔の支持派はひとりもなし。

国連内部では、小国の代表者たちが決意を表明。すべての大国は、実はだれもが内心そうなのだが、愛情深い子供たちさながらに手を結び、唯一の敵である悪魔をこの地上から永久に追放すべきである、という趣旨のメッセージが採択されました。

パインの放送につづく何カ月かは、新聞の第一面のスペースを奪いとるためには、祖母を殺して茹《ゆ》でるか、孤児院で戦斧《せんぷ》を持って暴れまくるしかないほどでした。すべてのニュースがハルマゲドン一色に染まりました。これまでヴァーディグリスの活動を面白おかしく報道して読者をたのしませていた執筆者たちが、一夜にしてブラトプール（ヴォネガットの『プレイヤー・ピアノ』や『ホーカス・ポーカス』に登場する王国）の悪魔除《よ》け銅鑼《どら》や、ブーツの底につけた十字架の効力や、黒ミサやその種の伝承的知識の真剣な専門家になったのです。国連や、政府官僚や、パイン研究所に届く郵便は、クリスマス・シーズンのように激増しました。悪魔がずっと以前からすべてのトラブルの原因であったことを、どうやらほとんどすべての人間が知っていたらしい。多くの人間が、自分は悪魔を目撃したことがあると語り、しかも、そのほとんど全員が悪魔退治の名案を持ちあわせているというのです。

　こうした成り行きのすべてが常軌を逸していると考える人びとは、自分が誕生日パーティーでの葬儀費用保険勧誘員の立場にあることに気づき、大半は肩をすくめて口を閉ざしました。口を閉ざさなかった人びとは、最初からだれにも相手にされませんでした。

　ゴーマン・ターベル博士は、その懐疑派に属するひとりでした。「なんということだ」と彼は慨嘆しました。「われわれはこの実験でなにが証明されたかを知らない。この実験はたんなるはじまりにすぎん。われわれの仕事が悪魔をやっつけているかどうかを語るのは、まだ時期尚早だ。ところが、パインはあらゆる人間を煽《あお》りたて、二、三の新しい仕掛けのスイッチを入れるだけで、地球はエデンの園にもどれる、と思わせてしまった」しかし、だれも博士に耳をかしません。

どのみちすでに破産していたパインは、研究所を国連《UN》に譲渡し、ここに国連悪魔学調査《UNDI》委員会《CO》が発足しました。ターベル博士とわたしはその委員会のアメリカ代表に指名され、第一回の委員会がヴァーディグリスでひらかれました。わたしは議長に選ばれ、たぶんあなたも予想されるように、名前からしてこの仕事にうってつけだという、くだらないジョークの材料にされたのです。

委員会にとっては、これほど多くの期待が——いや、要求が——自分たちの上にかかり、しかも、その土台となるべき知識があまりにもすくないため、ずっしりと重荷がのしかかってきました。全世界の人びとからわれわれに委任された仕事は、精神病予防ではなく、悪魔退治なのです。しかし、恐ろしい圧力のもと、われわれは一歩また一歩と計画を練り上げました。その大部分は、ターベル博士の手になるものでした。

「われわれはなにひとつ約束できない」と博士は語りました。「われわれにできるのは、これを機に、全世界的な実験を行うことだ。すべてが仮定である以上、もう二、三の仮定をふやしたところで、べつに支障はなかろう。では、こう仮定しよう。悪魔は伝染病のようなものだから、こちらもそのつもりで対処する必要がある。もし、悪魔がどこのだれに宿ろうとしても、居心地のいい場所を見つけるのが不可能であるような環境を作れば、悪魔は姿を消すか、死ぬか、どこかべつの惑星へいくか、それともなにか悪魔がやりそうな行動をとるだろう。もし悪魔が存在すればの話だがね」

計算してみたところ、あらゆる老若男女に電動式ヘッドセットを支給するには、約二百億ドルの経費、それに電池代として年間さらに七百億ドルの経費がかかります。現代の戦争と比べれば、この価格はほぼ妥当でしょう。しかし、まもなくわかったのですが、おたがいを殺しあう以外のことに、人びとはそんな高額の支出をしたがりません。

とすると、バベルの塔式のテクニックが最も実用的に思えます。話をするだけなら安上がり。というわけで、UNDICO最初の勧告は、全世界に新しいセンターを設け、各地の人びとを、その土地伝来の強制手段——あぶく銭、または銃剣、または劫罰の不安——を使って、規則的にそのセンターへ出頭させ、子供時代やセックスに関する心の重荷を下ろさせよう、というものでした。

この最初の勧告、UNDICOが現実的かつ本格的に悪魔を追い払う方針をたてたことへの反応から、熱狂の洪水のなかに深い不安の底流があることが明らかになりました。多くの指導者の側に逃げ腰の態度が見うけられ、そして「われわれの先祖が犠牲をかえりみずに打ち立ててきた偉大な国家的遺産に逆行する……」というたぐいの漠然たる表現で、あいまいな抗議が提出されたのです。だれも悪魔の擁護者とみなされたがるほど軽率ではないが、それと同時に、高い地位にいる多くの人物が推奨する用心深さとは、完全な無活動に酷似したものでした。

最初、ターベル博士は、この反応が恐怖心——われわれが準備中の戦争に悪魔が報復することへの恐怖心——から生まれたものだろう、と考えました。しかし、その後、反対派の顔ぶれとその声明をしばらく研究してから、博士は上機嫌でこういったのです。「驚いたな、あの連中はこっちに勝ち目があると思ってる。もし悪魔が民衆のあいだで自由に活動していなければ、自分たちには野犬捕獲人ほどの存在価値もない、とおびえきっている」

しかし、前にもいったように、こちらの見積もりでは、この世界をほんのわずかでも変えられる確率は一兆分の一もあるかなしでした。ところが、ある事故と反対派のなかの底流とで、その確率はまもなく千の九乗倍《オクティリオン》に跳ね上がったのです。

委員会の最初の勧告後まもなく、事件が発生しました。「どんなバカでも、悪魔を始末する手軽で手早い方法は心得ている」と国連の通常総会で、アメリカ代表のひとりがもうひとりに耳打ちしたのです。「簡単なことさ。クレムリン本部という地獄へ追いかえせばいい」目の前のマイクがオフだと思っていたのなら、それは大まちがいでした。

この発言は拡声装置を通じて放送され、ごていねいにも十四カ国語に翻訳されました。ソ連代表団はさっそく退席し、この失言にふさわしい反応を求めて本国に打電。二時間後、彼らはこんな声明書を手に席へもどりました。

『ソビエト社会主義共和国連邦の人民は、国連悪魔学調査委員会に対するすべての支援を打ちきる。これは同委員会がアメリカ合衆国の国内問題だ、という理由によるものである。ソビエト連邦の科学者たちは、合衆国全域における悪魔の存在に関して、パイン研究所の作成した発見記録にことごとく同意する。これらの科学者は、おなじ実験方法を用いたところ、ソビエト連邦内部には悪魔の活動の痕跡がまったく発見できず、したがってこの問題はアメリカ合衆国独自の問題である、と考えるにいたった。ソビエト連邦の人民は、アメリカ合衆国の人民が困難な計画に成功し、できるだけ早急に友好国家グループの正式メンバーとして加入する準備の整うことを望むものである』

アメリカ国内の即時の反応は、わが国におけるUNDICOの役割をこれ以上うんぬんすることは、ソ連にとってのさらなるプロパガンダの勝利を意味する、というものでした。ほかの国々もこの動きに同調し、われわれはすでに悪魔から解放された、と宣言しました。UNDICOにとっては一巻の終わり。正直なところ、わたしはほっと安心し、うれしくなりました。UNDICOがひどい頭痛の種になりかけていたからです。

パイン研究所にとっても、それが一巻の終わりでした。パインは完全に破産、ヴァーディグリスでの門戸を閉ざす以外に選択の余地がなかったのです。研究所の閉鎖が発表されると、ヴァーディグリスを金儲けと息抜きの場にしていた何百人ものイカサマ師がオフィスへ乱入してきたので、わたしはターベル博士の研究室へ避難しました。

研究室へはいると、ちょうど博士がハンダごてで葉巻に火をつけているところでした。博士はうなずき、職場を追われた悪魔研究家たちが、眼下の中庭で右往左往しているのを、葉巻の煙ごしに目を細めて見おろしました。「そろそろ潮どきだ。これでスタッフが厄介ばらいできれば、もっと実のある仕事ができる」

「しかし、われわれもクビなんですよ」

「いまのところ、資金の必要はない」とターベル博士。「電気は必要だがね」

「じゃ、急がないと――最後に電力会社に支払った小切手は、いまや紙きれ同然です。それはともかく、いま作っておられるそれはいったいなんですか?」

博士が接続端子をハンダづけした銅製ドラム缶は、高さ約四フィート、直径六フィートのサイズで、てっぺんに蓋がありました。「わたしは酒樽に入ってナイアガラ瀑布下りをする最初のMIT卒業生になるつもりだ。これで生計が立つかな?」

「まじめな話ですよ」

「なんと律儀な男だ。それより、なにか朗読してくれ。あそこにある本を――しおりが見えるか?」

その本は魔法の分野の古典、サー・ジェイムズ・ジョージ・フレイザーの『金枝篇』でした。しおりのはさまったページをひらくと、アンダーラインを引かれた箇所がありました。聖セケールの黒ミサを描写したくだりです。わたしはそこを朗読しました。

「『言い伝えによれば、聖セケールのミサがとり行われるのは、フクロウが陰気に鳴き、たそがれにコウモリが飛びまわり、夜はジプシーの宿となり、聖性を奪われた祭壇の下にヒキガエルが巣食うような、荒廃した、もしくはさびれきった教会堂のみである。夜が更けると、悪しき僧侶がそこに現われ……十一時の最初の鐘の音を合図にミサの文句をさかさまに誦しはじめ、真夜中を告げる鐘の音と同時に誦しおわる。……この僧侶の祝福するパンは黒く、三つのとがった先端がある。この僧侶はブドウ酒を聖別せず、その代わりに洗礼前の嬰児の死体を投げこんだ井戸の水を飲む。この僧侶は十字を切るが、それは左足を使って地上に描かれる。そのほかこの僧侶が行うさまざまな行動は、もし善良なキリスト教徒がそれを見たならば、たちまち目がつぶれ、耳は聞こえず、口がきけなくなり、それは生涯つづくことだろう』うひゃあ！」とわたしは声をあげました。

「すると悪魔がやってくる。火災報知器で呼びだされた消防車そっくりに」とターベル博士。

「まさかこれが成功すると本気で思っておられるんじゃないでしょうね？」

博士は肩をすくめました。「まだ試したことはない」とつぜん明かりが消えました。

「おしまいだな」博士はため息をつき、ハンダごてを下におきました。「とにかく、もうここではわれわれにできることはない。外へ出て、まだ洗礼を受けてない赤ん坊を探そうじゃないか」

「そのドラム缶がなんの役に立つのか、教えてもらえませんか？」

「明々白々。悪魔を捕らえる罠だよ、もちろん」

「なるほど」わたしはあやふやな微笑をうかべてあとずさりしました。「で、餌にはデビルズ・フード・ケーキ（濃厚なチョコレート・ケーキ）を使うんですか」

「きみ、パイン研究所で生まれた主要な仮説のひとつは、悪魔がデビルズ・フード・ケーキにまったく興味を示さないというものだよ。しかし、悪魔が電気に無関心でないことだけはたしかだ。もし電気代さえ払えれば、このドラム缶の周囲と蓋に電流を流せる。いったん悪魔がこのなかへはいれば、スイッチを入れるだけでむこうは袋のネズミだ。おそらくは。だれにわかる？　それを実地に試すほど頭のおかしい人間がいたろうか？　だが、ウサギ肉のシチューのレシピにもあるとおり、まずウサギを捕えなくちゃな」

実をいうと、そのときのわたしはこれで悪魔学とも当分お別れだなと思い、べつの仕事への転向をたのしみにしていたのです。しかし、ターベル博士の不撓不屈ぶりを見ていると、行動をともにする気になりました。博士のいう〝知的な遊び〟が、つぎになにを生みだすかを見たくなって。

それから六週間後、ターベル博士とわたしは、銅製ドラム缶を載せた荷車をひっぱり、わたしの背負ったスプールから電線をくりだしながら、夜なかに丘の中腹を下っていました。モホーク谷の底、スケネクタディの町の明かりが見える場所まで。

わたしたちと川とのあいだで、昔のエリー船舶用運河の見捨てられた部分が満月の光を反射しています。塩分まじりのよどんだ水に満たされた運河は、川の中央の土砂を浚渫《しゅんせつ》して新しくできた水路にとって代わられたのです。運河の岸辺にあるのは、古いホテルの土台。昔はこの水路を使う船員たちや旅行者たちにとっての一夜の宿でしたが、いまはすっかり忘れられています。

ホテルの土台のそばにあるのは、屋根のない、骨組みだけになった教会でした。古い尖塔は、朽ち果てて亡霊のたむろする教区の夜空へ、まだしっかりと頑固にシルエットを描いています。教会のなかへはいったとき、川のどこかではしけを曳いた船が汽笛を鳴らし、峡谷としめやかな墓地一帯にこだまがひびきわたりました。

一羽のフクロウが鳴き、一ぴきのコウモリが頭上を飛びまわっています。ターベル博士は祭壇の前へドラムを転がしていきました。わたしはそこまでひっぱってきた電線をスイッチに接続してから、べつの二十フィートほどの電線をドラム缶につなぎました。その電線のもう一端は、丘の中腹にある農家の電源に接続されています。

「いま何時だ？」とターベル博士がたずねました。

「十一時五分前」

「よし」と博士はかぼそい声でいいました。ふたりともおびえきっていたのです。「さあ、いいか。これからなにかが起きるとは思えないが、もし起きた場合を考えて――つまり、われわれの身にだよ――わたしはあの農家に置き手紙をしてきた」

「実はわたしも」そういってから、わたしは博士の腕をつかみました。「ねえ――もうおしまいにしたらどうですか？　もし現実に悪魔が存在して、こっちがやつを捕らえようと努力をつづければ、むこうはきっと牙をむきます――悪魔がなにをやらかすか、知れたもんじゃない！」

「きみがここに残る必要はないよ」とターベル博士はいいました。「このスイッチはわたしひとりで操作できると思う」

「本気で最後までやりとおすつもりなんですか？」

「心底おびえてはいるがね」

わたしは大きなため息をつきました。「わかりました。あなたに神のご加護を。スイッチはわたしが操作します」

「よし」博士はわびしく微笑しました。「防護ヘッドセットを着けたまえ。それからはじめよう」

スケネクタディの尖塔の時計の鐘が十一時を打ちはじめました。

ターベル博士は唾をのみこみ、祭壇に近づき、そこにすわっていたヒキガエルを払いのけると、身の毛もよだつ儀式をはじめました。

これまで何週間ものあいだ、ターベル博士はいろいろの本を読んで自分の役割を検討し、それを練習しました。一方、わたしはその儀式にふさわしい場所と、不気味な道具だてを探し歩いたのです。洗礼前の赤ん坊が投げこまれた井戸は見つかりませんでしたが、おなじ分野で、最も堕落した悪魔の目にも満足がいくだろうと思える不気味な代用物をいくつか見つけました。

いま、科学と人道の名のもとに、ターベル博士は聖セケールのミサの儀式に全身全霊を打ちこみ、恐怖の表情をうかべたまま、信心深いキリスト教徒ならひと目見ただけで目がつぶれ、耳も聞こえず、口もきけなくなるような行動をとりました。

なんとか五感をたもったまま生きのびたわたしは、スケネクタディの時計が十二時を打ちはじめるのを聞き、安堵のため息をつきました。

「現われいでよ、悪魔！」時計の鐘の音を聞きながら、ターベル博士はさけびました。

「夜の帝王よ、召使いたちの声が聞こえれば、現われいでよ！」

時計が最後の鐘を打ちおわったとき、ターベル博士は疲れ果てたように祭壇の上へぐったりくずおれました。しかし、まもなく身を起こし、肩をすくめ、微笑をうかべてこういったのです。「なんということだ。やってみるまではわからんもんだな」博士はヘッドセットをはずしました。

わたしは電線をはずす準備として、ネジまわしを手にとりました。「いまのが、本当にUNDICOとパイン研究所の大団円だといいんですがね」

「いや、まだ二、三のアイデアはあるさ」ターベル博士はそう答えてから、きゅうにうなり声をあげました。

見上げると、なんとターベル博士が目をまるくし、横目でこちらを見ながら、ガタガタ震えているではありませんか。博士はなにかいおうとするのですが、息の詰まった、ゴロゴロというのど鳴りの音しか出てきません。

やがて、これまで人間の見たなかでもいちばん奇怪な闘争がはじまりました。のちに何十人もの画家がその光景に手を染めましたが、たとえいまにも飛びだしそうなターベル博士の目を描き、朱に染まった顔を描き、節くれだった筋肉を描いても、このハルマゲドンの英雄的行為を毛すじほども再現することは不可能でした。

ターベル博士は両膝をつき、まるで巨人の手が握る鎖にあらがうように、じりじりと銅製ドラム缶へ近づきました。衣服は汗びっしょり、息をあえがせ、唸りをもらすことしかできません。ひと息つこうと動きをとめるたびに、目に見えない力でひきもどされるのです。そこでふたたび両膝を立て、失地回復をしたのち、さらに何インチか先へ出ようと、必死の前進をくりかえすのでした。

ようやく博士はドラム缶にたどりつき、煉瓦の山を持ちあげるように、とほうもない努力で立ちあがると、ひらいたドラム缶の口からなかへ転がりこみました。内部の絶縁被覆をひっかいているのが聞こえ、増幅された息づかいが教会内にひびきわたります。

わたしは麻痺したように立ちつくしました。自分がいま見ているものを信じることも、理解することもできず、つぎになにをしてよいやらわからずに。

「いまだ！」とターベル博士がドラム缶の内部からさけびました。つかのま、片手が外に現われ、蓋を閉めたあと、ふたたびさけび声。はるか遠くから聞こえるような、弱々しい声です。「いまだ」

ようやくその意味を理解したとたん、わたしは身ぶるいと吐き気におそわれました。ターベル博士がわたしになにをさせたいのかが理解できたのです。博士が体内にいる悪魔に食いつくされながらも、最後の魂のひときれを使ってわたしに要求していることを。

わたしは外から蓋をしっかりロックし、スイッチを入れました。

ありがたいことに、スケネクタディの町がすぐ近くでした。わたしはユニオン大学電気工学部のある教授に電話をかけ、それから四十五分たらずののちにむこうが到着、急造のエアロックを工夫して、とりつけてくれたのです。そのエアロックを通じて、ターベル博士に空気と食べ物と水を送ることはできますが、彼と外の世界を隔てる悪魔除けバリヤーの帯電状態はたもたれたままでした。

悪魔に対するこの悲劇的勝利の最も悲しいながめが、ターベル博士の知能の劣化なのはまちがいありません。あのすばらしい頭脳には、もはやなにも残されていないのです。そこに入れ替わったものは、博士の声と肉体を使う何者かでした。そいつはわれわれのご機嫌をとり、同情と自由をかちとるために、大声でいろいろな苦々しい嘘をわめきたてます。わたしがターベル博士をドラム缶のなかに投げこんだのだ、というような嘘を。いわせてもらえば、このわたしの役割も、苦痛と自己犠牲ぬきには不可能だったのです。

悲しいかな、このターベル事件は論争の的となり、しかもわが国としては、プロパガンダの視点からいっても、悪魔がこの地で捕らえられたことを公式に認めるわけにはいかないので、ターベル保護協会には政府補助金が下りません。これまで悪魔の罠とその中身を維持する費用は、あなたのように公共心に富んだかたがたの個人寄付に仰いできたわけです。

この財団の経費と予算は、全人類が受けとったものの価値と比べれば、きわめてつつましいものです。絶対に必要と思える居住設備を改善する以外、われわれはまったく手をつけませんでした。くだんの教会に屋根を葺《ふ》き、塗装し、保温し、周囲に塀をめぐらし、腐朽した材木を丈夫な材木と取り替え、暖房設備と、補助発電設備をとりつけた程度です。これらのすべてが絶対必要なものであることは、おわかりいただけると思います。

しかし、これほど倹約をつづけてきたにもかかわらず、インフレの襲来で財源が枯渇してきたことに、財団は気づきました。これまでささやかな改善作業のために蓄えてあった金も、どんどん維持費のほうへ吸収されていくのです。財団が雇っているのは必要最小限の有給管理者三人のみ。この三人は輪番で一日二十四時間の勤務をつづけ、ターベル博士に食事を与え、野次馬を追いはらい、必要最低限の電気設備を維持しております。かりにこのスタッフを削減したものなら、ほんの一瞬の不注意でさえ、ハルマゲドンの勝利は敗北に変わり、比類のない災厄を招くことでしょう。理事たちは、このわたしも含め、全員無料奉仕をつづけております。

そこにはたんなる管理作業を越えた、もっと大きい必要性があるため、われわれは新しい友人たちを探しもとめなくてはなりません。いまあなたに手紙を書いているのもそのためです。ターベル博士の居住房は、ドラム缶内部での最初の悪夢の数カ月後に拡張され、いまでは絶縁された銅板の壁に囲まれた、直径八フィート、高さ六フィートの部屋になりました。しかし、ご同意いただけると思いますが、これはターベル博士の脱け殻にとっては貧弱な住み家です。あなたのように公正な精神と肉体の持ち主のお力を借りて、われわれは博士の居住房を拡張し、小さな書斎と、寝室と、浴室を含めたものにしたい、と考えております。最近の研究で明らかになったところでは、たしかに大きな費用はかかりますが、電流を通じた博士専用の大きなはめ殺し窓を設けることも可能なようです。

しかしながら、いかに経費がかかろうと、ターベル博士が全人類のためにやってくれたことに比べれば、われわれの犠牲などわずかなものであるといえましょう。もしあなたのような新しい友人からの寄付がじゅうぶんな金額に達したあかつきには、ターベル博士の居住房を拡張するだけでなく、その業績にふさわしい記念碑を教会の外に建設したい、とわれわれは考えております。博士の似姿と、悪魔に打ち勝つ数時間前に博士がある書簡に記した不滅の言葉をそこに飾りたいのです。

『今夜、もしわたしが成功すれば、悪魔はもはや人類のなかに存在しなくなるだろう。それがこのわたしにできるすべてだ。そして、ほかの人びとが、この地球上から虚栄と、無知と、貧困をとり除けば、その後いつまでも人類は幸福に生きつづけられるだろう。——ゴーマン・ターベル博士』

どれほど少額のご寄付でもかまいません。

敬具

理事長

ルシファー・J・メフィスト博士

WHERE DO I GET MY IDEAS FROM?
YOU MIGHT AS WELL HAVE ASKED
THAT OF BEETHOVEN. HE WAS
GOOFING AROUND IN GERMANY
LIKE EVERYBODY ELSE, AND
ALL OF A SUDDEN THIS STUFF
CAME GUSHING OUT OF HIM.
IT WAS MUSIC.
I WAS GOOFING AROUND LIKE
EVERYBODY ELSE IN INDIANA,
AND ALL OF A SUDDEN STUFF
CAME GUSHING OUT. IT WAS
DISGUST WITH CIVILIZATION.

1/58

どこから小説のアイデアを得るのか?
その質問はベートーヴェンにすればいい
彼はドイツでほかのみんなのように
のらくら暮らしていたが
とつぜん体のなかから
あるものが湧きだした
それは音楽だった
わたしもインディアナ州で
ほかのみんなのように
のらくら暮らしていたが
とつぜん体のなかから
あるものが湧きだした
それは文明への嫌悪だった

図版一覧

訳者あとがき

カート・ヴォネガットが二〇〇七年四月十一日にこの世を去ったことは、全世界のヴォネガット・ファンにとって衝撃的な悲しい出来事でした。このとつぜんの死は、自宅の階段で転倒して頭部を強打、そのときの重い脳損傷が原因だということです。雑誌に時事エッセイを寄稿したり、シルクスクリーン版画に手を染めたり、二〇〇五年にはエッセイ集『国のない男』を出したり（日本ではヴォネガット急逝の直後に、NHK出版から金原瑞人さんの訳で刊行されました）、八十四歳の高齢でもまだまだ元気なようすだったのに……。

本書は今年の四月に、ヴォネガットの没後一周年を記念してG・P・パトナム社から刊行された作品集 ***Armageddon in Retrospect*** の全訳です。つけ加えますと、本書に収録された図版の文字やスケッチは、すべて著者の手になるものです。

本書は、まず息子のマークによる序文からはじまります。ここでは家族から見たありし日の父親の素顔が語られ、あらためて読者の悲しみをそそります。現在のマークは小児科医ですが、若いころに精神病を患い、それをいかに克服したかの手記『エデン特急』を一九七五年に出版して評判になりました。この本は、日本でも七九年にみすず書房から翻訳が出て、いまなお根強い人気をたもっています。現在のマークは二冊目の著書の執筆に取り組んでいるということです。

そのマークが、あるインタビューで語った言葉を紹介しますと——

「父は正直に、美しく、ユーモアと情熱と道義心をこめて作品を書いた。われわれがおたがいに親切を心がけ、もうすこし努力するひまを見つければ、この世界はもっとましな場所になる、と父は信じていた」

この序文につづいて収録されているのは、第二次大戦でドイツ軍の捕虜になった二十二歳のヴォネガットが、連合軍の勝利のあと、故郷の家族に書き送った手紙の全文です。つづいて、亡くなる直前に書きあげられていたスピーチ原稿。この原稿は、ヴォネガットの死から半月あまり後の四月二十七日に、バトラー大学の講堂の聴衆を前に、息子のマークによって代読されたとのことです。

そして、そのあとはインディアナ大学のリリー図書館に保管されていた未発表作品がずらりと並びます。

ヴォネガットは一九五〇年に「バーンハウス効果に関する報告書」を〈コリヤーズ〉誌に発表したのをきっかけに、同誌をはじめ、〈サタデー・イヴニング・ポスト〉、〈コズモポリタン〉などのスリック雑誌（光沢紙を使った高級家庭雑誌）に作品を発表しはじめました。本書の収録作品が未発表であった理由は、これは訳者のまったくの憶測ですが、第二次大戦を題材にしていても、捕虜生活のさまざまな面を扱った作品が多く、いくらヴォネガット独特の笑いに彩《いろど》られていても、戦後の明るい時代を謳歌したかったこれらの雑誌から敬遠されたのでは、という気がしてなりません。雑誌発表作品を収録したこれまでの短篇集をふりかえってみても、第二次大戦を背景にした作品は、『モンキーハウスへようこそ』で上下巻に一篇ずつ、『バゴンボの嗅ぎタバコ入れ』に三篇あるのみ。しかも、本書に収録された作品のように正面から戦争を描いたものではないからです。

それでは収録順に短い紹介を——

「悲しみの叫びはすべての街路に」

ヴォネガットが第二次大戦でドイツ軍の捕虜になっていた時期に、連合軍のドレスデン空爆を地上の被害者の立場から体験したことは有名ですが、これは爆撃とその後の復旧作業の思い出を赤裸々に綴ったノンフィクション。名作『スローターハウス5』がこの体験から生まれたことを考えあわせると、いっそう感慨が深まります。

なお、この作品は、すでに「阿鼻叫喚の街——戦勝国アメリカの非道」というタイトルで、日本版プレイボーイ誌の二〇〇八年七月号に金原瑞人さんの訳で掲載されており、このたび参考にさせていただきました。

「審判の日《グレート・デイ》」

未来の世界陸軍に入隊した若者が、タイム・スリップ現象を実地に応用した演習で第一次大戦の戦場の一場面を体験するという、ちょっとSF味のある作品。

「バターより銃」

ドイツ軍下士官の指揮のもと、ドレスデンの廃墟の修復に取り組む三人のアメリカ兵捕虜が、料理のレシピを交換しあって、うさばらしをするというユーモラスな小品。

「ハッピー・バースデイ、一九五一年」

戦後のドレスデンで、戦災孤児の少年を父親代わりに育ててきた老人が、誕生日のお祝いとして、少年を近くの丘陵地帯まで遠足に連れていきますが……。

「明るくいこう」

捕虜収容所でのアメリカ兵ふたり、うぶな新兵と要領のいい古参兵を対照的に描いた皮肉な一篇。

「一角獣の罠」
ヴォネガットとしてはめずらしい時代小説。一〇六七年、ノルマン人に占領されたイギリスの小村に住む三人家族を主役にした、心温まる物語。

「無名戦士」
ニューヨーク市で新世紀最初の赤ん坊に恵まれ、豪華な賞品を獲得した夫婦のその後は……というショートショート。

「略奪品」
第二次大戦でドイツ軍敗走のあと、解放されたアメリカ兵捕虜たちがある小村で体験した出来事とは？

「サミー、おまえとおれだけだ」
監視兵のいなくなった捕虜収容所から、仲間のジョージにそそのかされて脱出したわたしは、思いもよらない運命に巻きこまれていく……。

「司令官のデスク」

チェコスロヴァキアの小さな町に進駐してきたアメリカ軍少佐とその副官、町の住人で家具製造人であるわたしとその娘を中心にした、意外性たっぷりの物語。

「追憶のハルマゲドン」

本書の表題作。オクラホマの石油成金が作った悪魔研究所の管理職である〝わたし〟のところへ、一流の科学者ターベル博士が持ちこんだアイデアとは？　この作品集の掉尾《とうび》を飾る力作。

以上の十一篇です。では、ヴォネガットがこの世に遺していったこれらの作品を、どうかおたのしみください。

今回の翻訳では、早川書房編集部の上池利文さんと校閲課の土佐千賀さんに綿密なチェックをしていただき、おかげでたくさんの思いちがいや誤訳を未然に防ぐことができました。「一角獣の罠」に頻出するフランス語では、まったく上池さんにたよりっきりのありさまでした。ここに記して、おふたりに心からの感謝を捧げたいと思います。

訳者略歴　1930年生，1950年大阪外国語大学卒，英米文学翻訳家　訳書『タイタンの妖女』カート・ヴォネガット・ジュニア，『アンドロイドは電気羊の夢を見るか？』フィリップ・K・ディック，『輝くもの天より墜ち』ジェイムズ・ティプトリー・ジュニア（以上早川書房刊）他多数

追憶《ついおく》のハルマゲドン

2008年8月20日　初版印刷
2008年8月25日　初版発行

著　者　カート・ヴォネガット
訳　者　浅《あさ》倉《くら》久《ひさ》志《し》
発行者　早　川　浩

発行所　株式会社　早川書房
東京都千代田区神田多町2-2
電話　03-3252-3111（大代表）
振替　00160-3-47799
http://www.hayakawa-online.co.jp

印刷所　株式会社精興社
製本所　大口製本印刷株式会社

定価はカバーに表示してあります
ISBN978-4-15-208947-2 C0097
Printed and bound in Japan
乱丁・落丁本は小社制作部宛お送り下さい。
送料小社負担にてお取りかえいたします。